El mundo desplazado

PAULETTE JONGUITUD
El mundo desplazado

RANDOM HOUSE

El papel utilizado para la impresión de este libro ha sido fabricado a partir de madera procedente de bosques y plantaciones gestionadas con los más altos estándares ambientales, garantizando una explotación de los recursos sostenible con el medio ambiente y beneficiosa para las personas.

El mundo desplazado

Primera edición: septiembre, 2024

D. R. © 2024, Paulette Jonguitud
Este libro se escribió con el apoyo del Sistema Nacional de Creadores de Arte

D. R. © 2024, derechos de edición mundiales en lengua castellana:
Penguin Random House Grupo Editorial, S. A. de C. V.
Blvd. Miguel de Cervantes Saavedra núm. 301, 1er piso,
colonia Granada, alcaldía Miguel Hidalgo, C. P. 11520,
Ciudad de México

penguinlibros.com

ISBN: 978-607-384-945-6

Impreso en México – *Printed in Mexico*

A las que nos abrieron camino.
A las que vienen detrás de nosotras.

"Entre más pienso en el mundo, más me doy cuenta de que debería tener una cohesión que ya no existe, o que está perdiendo rápidamente —ya sea porque se está desmembrando, porque nunca ha sido cohesivo, porque mi mente ya no puede sostener a las piezas juntas, o, probablemente, una revuelta combinación de las causas anteriores".

ESMÉ WEIJUN WANG,
The Collective Schizophrenias

"A las mujeres que viajaron antes que yo, ustedes hermosos fantasmas voraces e inquietos, permítanme alimentarlas con mis historias construidas sobre sus historias y su sufrimiento. Levantaré nuestras voces inquietas, no como lo han hecho ustedes, en efímeros rizos de humo, sino en la página escrita. Aunque yo camine otro reino, permítanme escribirles sobre un nuevo mundo sin muros, en el que ninguna mujer tenga hambre".

LEE MILLER,
"Unquiet Spirits".

1

LAS MÁQUINAS APARECIERON en los baldíos del sur de la Ciudad de México como monumentos al desconcierto. Hechas de cobre y acero, desafiaban la lógica con sus engranajes en constante movimiento.

Envueltas en la pátina del tiempo, parecían fusionarse con la naturaleza urbana que las rodeaba. Eran pesados armatostes de un metro de altura y, aunque lanzaban nubes de vapor, no tenían una función específica. Estaban ahí tiradas un par de semanas mientras los cambios de temperatura del verano —calor a medio día, lluvia por la tarde—, el orín de los perros y el alcohol de las botellas de cerveza lanzadas al terreno desde los autos las fueron vistiendo de óxido y vegetación, haciéndolas nativas del espacio que las rodeaba.

Eran pesadas estructuras de metal con rotores, un tablero de cables parecido a una antigua central telefónica y partes móviles que se activaban de manera aleatoria sin un patrón temporal definible. Pasaban días sin hacer el menor ruido para luego ponerse a chirriar y a escupir vapor y aceite.

Quienes las miraban al pasar no se sorprendían por su presencia, la ciudad albergaba tantos objetos en apariencia indescifrables que a los chilangos no les alcanzaba el asombro para tratar de explicarse la mitad de ellos.

Miranda las había dejado en esos lugares sin saber qué esperar de ellas. Eran una invitación al diálogo: conversaban con la ciudad, con sus parásitos, con los caracoles que bajaban por las tuberías. Las máquinas esperaban pacientes a su interlocutor, depositadas en los terrenos durante la noche; no se daba mucho tiempo para acomodarlas ni calculaba dónde quedarían ubicadas, porque a duras penas podía bajarlas de la caja de la Lobo sin dañarlas. Y sin dañarse a sí misma; tenía sesenta años, era fuerte porque su trabajo escultórico mucho tenía de esfuerzo físico, pero tampoco había que exagerar; sus largos brazos morenos ya no eran lo que fueron antes de la menopausia.

Estacionaba la Lobo con las llantas traseras sobre la banqueta y jalaba la máquina hasta la batea, de ahí transfería el peso del artefacto a sus muslos, desde donde era más fácil dejarlas resbalar en una caída controlada, junto con algunas piedras, hojas y basura que había acumulado la Lobo estacionada. La caja de la camioneta era una extensión del estudio de Miranda y en ella siempre había material a medio descomponerse: lonas, varillas y residuos de obra descartada. En una ocasión se había llevado a pasear, sin saberlo, a la gata de un vecino que se había metido ahí para tener a sus cachorros, y Miranda sólo descubrió a la recién estrenada familia cuando había vuelto a casa.

Se preocupaba por dejar a las máquinas bien paradas sobre sus cuatro patas de goma, como si el baldío fuera un museo, y luego permitía al clima y al barrio modificarlas.

El proyecto de las máquinas había comenzado con un mapa. Una vieja Guía Roji del DeEfe que a Miranda le gustaba consultar cuando no sabía cómo llegar a algún lado; seis décadas habitando una ciudad con enormes trechos desconocidos para ella. No usaba la Guía Roji por negarse a abrazar la tecnología, sólo le era más fácil ubicarse en un espacio plano frente a ella, un espacio que podía extender y girar a su antojo, que era físico y tangible como las calles que representaba, a diferencia del pequeño fragmento del mundo mostrado en la pantalla del teléfono cuando accedía a un mapa. En los mapas del teléfono ella ocupaba el centro como una impertinente flecha rodeada de un retazo de ciudad, constreñida e ineludible. La Guía Roji no venía con un rastro de los movimientos de Miranda, la Guía Roji no la consideraba el centro del universo. A la Guía Roji, como a la ciudad, le daba lo mismo dónde estaba Miranda, a dónde quería ir y si se desviaba o había alcanzado su destino.

El ejemplar de la Guía Roji que tenía Miranda había sido editado muchos años antes y no siempre reflejaba con exactitud las fluctuaciones espasmódicas de una urbe a la que le salían pasos a desnivel, túneles y palomares de apartamentos, como los hongos que aparecen en el jardín tras una noche de lluvia.

Cuando Miranda encontraba en su trayecto una de estas nuevas excrecencias, la marcaba en su Guía Roji, de modo que el ejemplar engargolado era ya un libro de artista, con mapas desplegables trazados a mano en el reverso de un recibo de la gasolinera; con flechas anunciando cambios de sentido en las calles; con pequeñas anotaciones como: *esto antes era un parque, aquí aprendí a andar en bicicleta, en esta esquina choqué mi primer auto y ya pusieron un semáforo.*

La Guía Roji poblaba la guantera de la Lobo y por eso estaba intervenida con material que Miranda podía encontrar al fondo de su bolso: un paquetito de azúcar en cuyo reverso cabía el trazo de una extensión en una zona de la ciudad que la Guía Roji no consideraba, por ejemplo. A estas extensiones que se desdoblaban de los bordes de la guía Miranda las marcaba como: *ahí donde moran los monstruos*, como en los viejos mapas que asumían que más allá de las fronteras de lo conocido habitaban sólo engendros.

No le gustaba pensar que esos rincones donde ella no era la flecha al centro fueran espacio para una otredad indefinida, por eso la iba colonizando con basura y pegamento. Y en esa bitácora citadina comenzó también a marcar pequeños caracoles en los sitios donde se había visto por última vez a alguna mujer que ya no había vuelto. Como su madre.

Los caracoles brotaron de los lugares aledaños a su barrio y se fueron extendiendo en una supresión que no dejaba de ensancharse. No sabía bien para qué marcaba los caracoles, comenzó como un testimonio personal: llevaba registro de los puntos de ausencia quizá con el objetivo de visualizarlos, porque las cifras poco le decían y las listas de nombres le parecían inabarcables.

Había buscado durante mucho tiempo la forma de marcar en la ciudad los desvanecimientos, las calles que parecían haberse tragado a sus hijas, las esquinas donde la urbe las había vomitado.

Estudió los monumentos históricos, las placas conmemorativas usadas para señalar el lugar de nacimiento de hombres ilustres; los edificios donde se habían escrito las grandes obras literarias; los puentes donde un grupo de señores había masacrado a otro grupo de señores.

Los movimientos activistas ciudadanos habían optado en México por cambiar los nombres de las calles, una vez al año, dando a los caminos el nombre de las ausentes; habían también pintado con luz la fachada de Palacio Nacional; habían hecho volar un zepelín con leyendas de denuncia;

habían teñido de rojo el agua de las fuentes en Reforma. Las manifestaciones de dolor eran muchas y ella las celebraba con una nota en su mapa, aunque eran efímeras y Miranda buscaba la posibilidad de dejar algo permanente.

En sus momentos de más rabia imaginaba que si se hacía sonar la alerta sísmica cada que una mujer no volviera a casa, el ruido de la alerta sería continuo y quizá hasta los chilangos dejarían de escucharlo, convirtiéndolo en barullo de fondo, como el silbido del carrito de camotes.

En su búsqueda de marcadores permanentes primero pensó en hacer esculturas de bronce. Buscando representar el vacío de las ausencias hizo maletas de metal que irían enterradas en el piso, maletas vacías que contuvieran la ausencia de un cuerpo femenino. Marcar los huecos, ocupar los espacios vacuos. Hizo una primera prueba enterrando la maleta primigenia en un parque. Dos días después el hueco era un basurero: la ciudad se apura a cancelar las cavidades.

Entonces Miranda imaginó esculturas a escala humana, esculturas del tamaño del cuerpo ausente, del espacio que esas mujeres habían ocupado alguna vez.

Comenzó a trabajarlas con yeso y malla de gallinero, le resultaba atractiva la idea de que el yeso se fuera deslavando sobre las aceras y que la silueta de malla perdurara, que fueran piezas en desaparición constante; se imaginaba haciendo excursiones nocturnas para volver a cubrir cada una de yeso, para reiniciar el desvanecimiento de sus cuerpos, para limpiarlas de la basura que seguro en ellas dejarían, e imaginó a la vegetación urbana poco a poco colonizando esas siluetas femeninas hasta terminar por deglutirlas.

Cuando hubo completado la primera la puso en el jardín de su casa y dejó que la lluvia y los caracoles la intervinieran con su agua y con sus babas. Los primeros días el agua sólo manchó el yeso con su gris ciudaddeméxico, la cabeza de la mujer se cubrió pronto de caca de paloma y del tizne propio del aire cotidiano.

Miranda la observaba desde la ventana de la cocina y los cambios le parecían poco perceptibles, por lo que decidió registrarlos en video, un largo *timelapse* del desvanecimiento. Había imaginado al yeso menos resistente, pero la figura perduraba, se negaba a derretirse en una inexistencia paulatina.

Durante un mes la grabó deslavarse sobre la tierra y se sintió culpable condenando a otra figura femenina a borrarse en ciclo eterno. Cuando quedó el esqueleto de malla aún insistiendo con su forma, Miranda no pudo ignorar su necedad y la llevó frente a la buganvilla, donde poco a poco se convertiría en una mujer de verde y rosa, y entendió que por más que se intente borrar la experiencia humana de la presencia femenina, ésta se niega a escurrirse y perdura y regresa, reintentada.

Y aunque la mujer de yeso y malla resistió, no dejaba de ser frágil. Los monumentos no podían serlo, tenían que ser imperturbables. Revisó obsesivamente el video de la disolución de la mujer de malla y yeso y la incomodó su estatismo. La irremediable resignación a un extinguirse anunciado. Sus monumentos no iban a estar condenados a la inmovilidad.

Así pensó en las autómatas. Miranda estaba acostumbrada a trabajar con materia orgánica, la mayor parte de su obra era una mezcla entre maquinaria y piel, tierra, pelo, excremento.

La condición efímera de su trabajo había constituido la característica principal de su estilo. Sus piezas sobrevivían en registros fotográficos, una vez expuestas eran desarmadas, degradadas y reutilizadas, cada pieza nueva tenía residuos de una de sus piezas anteriores.

Así, la posibilidad de trabajar en una autómata, en una creación mecánica con una función específica que se repetía a perpetuidad, le resultó interesante y retadora. Una mujer mecánica que se negara a detenerse, que no se degradara, que no supiera esperar quieta su destino. Una mujer encerrada en un ciclo repetitivo como tantas otras: el cuidado y la supervivencia.

En su taller construyó una primera autómata a escala humana. Había imaginado a una mujer de acero con el cuerpo liso y brillante, pero sus capacidades de construcción dieron como resultado a una mujer con piel de hojas de metal soldadas torpemente. Dos líneas verticales de soldadura dividían en tercios su cara, bajando desde la frente hasta el cuello; los ojos parecían entrecerrados y la boca abierta en un perenne gesto de sorpresa. Más que un rostro, aquello era una máscara mortuoria.

La autómata podía caminar y levantaba ambas manos para defenderse cuando alguien se acercaba, gracias a un sensor de movimiento que tenía en el centro de la frente. Era tosca y funcional, sin rastro de tejido orgánico, sin cabello, ni tela, ni ropa de Miranda. Nueva. Un aparato independiente de su creadora que se daba cuerda a sí misma cuando andaba. Estaba inspirada en el histórico autómata que jugaba al ajedrez, era un ingenio sencillo, cumplía con su labor de ocupar un espacio y exigir reconocimiento, era hermosa e imperfecta, partes de ella brillaban como sólo lo hacen los objetos finitos.

Una vez terminada, Miranda se dedicó a observarla en su continuo intento de resguardo y supo que era tan inútil como hermosa. ¿Qué había pensado?, ¿dejar a esta autómata y a sus nonatas camaradas por las calles? ¿Cuánto duraría una de aquellas mujeres de metal depositada en las avenidas? ¿Cuánto tardaría en ser violentada por tener un cuerpo femenino? Un par de días, con suerte, antes de ser tomada. Y así la autómata pasó a ser otro de sus proyectos inconclusos, una figura que transitaba por el patio de servicio de su casa para recargar su cuerda y se defendía del aleteo de las polillas.

La problemática, supo Miranda, era que pensaba en monumentos con cuerpos de mujer, e incluso siendo objetos mecánicos, tener un cuerpo así era inmediato riesgo de invasión, de hurto, de ruptura.

Porque pensaba en esta obra como marcador urbano, no estarían sus piezas en la relativa seguridad de una sala de museo, convivirían afuera con los naufragios de los teléfonos públicos, con la población masculina que encontraría en su feminidad una afronta o una invitación. Una cosa.

Eso la llevó a pensar en los enormes Abakans de la polaca Magdalena Abakanowicz y los imaginó colgados en un andén del metro en la Ciudad de México: gigantes estructuras tejidas con lana y pelo de caballo, extrañamente parecidas al interior de un árbol y a los labios de una vagina. Si se les dejara ahí, sin ficha técnica y sin supervisión, ¿qué pasaría con esas figuras?

Siguiendo los caracoles de la Guía Roji, Miranda recorría en la Lobo los lugares que quería marcar, deteniéndose en ellos; apagaba el motor y escuchaba un disco completo —a veces Metallica, a veces Green Day— y se detenía ahí a mirar, a ver si con algo conversaba, a imaginar un Abakan devorando agresores, abriendo sus labios color berenjena para tragarse a quien tenía la intención de apropiarse de la vida de una mujer, de borrarla; los pétalos de tejido absorbiendo la violencia y dejando en su lugar un rastro de cuerdas teñidas de rojo.

Unos meses después de haber iniciado sus recorridos encontró los grafitis.

No le quedaba claro si habían estado ahí desde sus primeras visitas, porque no aparecían en todos los caracoles marcados en la Guía Roji, sólo los encontraba a lo largo de una corta franja al sur de la ciudad, cerca de su casa. Al inicio no los había notado y luego supo: ésa era la intención de la artista.

Eran pinturas mimetizadas con el entorno; desde ciertos ángulos parecían pintas de letras aleatorias, como tantas otras que había en la ciudad, y sólo si la observadora se ponía en cuclillas, si bajaba su punto de vista, podía contemplar la totalidad del grafiti que no estaba trazado sobre una única superficie: era conformado por pequeños y apresurados trazos en tinacos desecados, en canceles rotos, en escombro. Los grafitis se integraban en una imagen formada por varios planos cuando la observadora ponía sus pies en la laguna de las faltantes. Las pintas eran diversas representaciones de una mujer de cráneo descarnado. No eran violentas, eran coloridas pinturas de estilo infantil y vagamente prehispánico: el cráneo aparecía descarnado sólo en parte, la mitad izquierda rostro de mujer, la derecha huesos. Estaban trazadas con pintura de espray fluorescente y cuando se las miraba de noche, los faros de los autos que pasaban revelaban nuevos matices iridiscentes, durante el día imperceptibles.

Miranda las había descubierto por accidente, buscando ideas y materiales para sus marcadores, para los monumentos a la carencia que la convirtieran en indispensable.

Al descubrirlas, se sintió avergonzada porque supo: la arrogancia de artista le había hecho pensar que sólo ella había tenido esa idea, los monumentos a las lagunas eran suyos, la idea pertenecía a su obra.

A esas alturas de su vida y con varias décadas de labor artística tras ella, suponía que el concepto de una idea original y pura era ya algo superado en su praxis, pero ahí, viendo la pintada formarse como obra completa frente a sus ojos, entendió: había caído en la trampa más vieja del arte: soñarse original.

Por supuesto, a muchas otras personas se les habría ocurrido la idea de marcar estas ausencias y ella, en su arrogancia, había pasado ciega frente a ¿cuántas? Las máquinas fueron entonces un tributo, una suma de marcadores, una manera de colaborar con quien dejaba los grafitis para que otras artistas los encontraran. Los marcó en su Guía Roji, señalando sus locaciones con la firma de la artista bajo cada pieza: INZ. Así se le fue llenando de INZs una franja al sur de la ciudad.

Miranda dejaba las máquinas en los baldíos y éstas funcionaban, estaban en movimiento, hacían su tactactac descerebrado, exhalaban sus vapores, pero al paso de un tiempo se detenían como si se dieran por vencidas, como si en un espacio tan estéril se negaran a seguir funcionando, quizá respondiendo a una inquietud de Miranda sobre embellecer el horror de una extracción.

Ella las dejó hacer como quisieran, las dejó oxidarse y recibir semillas que germinarían dientes de león.

Una vez construidas, le preocupaba la existencia de sus piezas en una ciudad que no habían habitado nunca. Así comenzó a subirlas, una a una, a la caja de la Lobo para pasearlas en sus recorridos por la Guía Roji, para mojarlas de lluvia y del granizo violento de la primavera, para impregnarlas del humo de los peseros y del olor a camión de la basura, para que escucharan los quejidos del altavoz del fierro viejo y de las patitas de pollo calientitas con salsa o con cueritos.

Las máquinas se ensuciaban en aquellos paseos, pero su cobre y su aluminio parecían impermeables al espíritu chilango, sus patas permanecían intactas, transportadas como tantos niños de clase media que sólo conocían la ciudad desde la ventana trasera del auto de sus padres.

Buscaba que las máquinas fueran también criaturas chilangas con el olor a la ciudad y a sus habitantes más exitosos: las plantas silvestres y los insectos; por eso había resultado tan afortunado dejarlas en los terrenos donde se convirtieron en condominios multifamiliares para bichos, para hierbas, para hojas de tamales desechadas.

Miranda llevaba sus sesenta años viviendo en la Ciudad de México y nunca había pensado en irse a otro lado. Ahí estaba su familia y su trabajo, ahí sus alumnas y todos sus amigos. Trabajaba en su estudio en una casa donde vivía sola, al sur de la ciudad. Era morena y era alta; el rasgo característico de su rostro era su nariz, grande y aguileña, apéndice del que se enorgullecía y que le ayudaba a sentirse diferente, ajena. Su obra era medianamente reconocida en los círculos artísticos y las máquinas serían parte de una exposición retrospectiva que preparaba para ser presentada en un museo universitario a finales de año.

Las máquinas habían surgido como un respiro. Con una estética *steampunk* y con un ojo en la máquina Enigma, había comenzado a trabajar en ellas sin tener muy claro hacia dónde iba, quería construir algo distinto a lo trabajado en su obra hasta entonces, un objeto mecánico que poca relación tuviera con ella, ¿se podía? En su carrera creía haber evitado los temas convencionales, aunque estaba segura de engañarse, porque su obra debía estar tan llena de lugares comunes como la de sus contemporáneas.

Las máquinas debían ser algo imaginado, ajeno y autosuficiente. Automático. Ya no quería que la escultura fuera un espacio donde se habitaba, se juzgaba y se destruía a sí misma.

Buscaba una obra de escape.

Sin embargo, ahí andaba dejando las máquinas en rincones de la ciudad para recordar ausencias, ahí andaba conduciendo la Lobo con su Guía Roji y un armatoste chisporroteando en la cajuela, versión urbana del caldero de una bruja.

En un arranque de cuestionamientos sin respuesta, había tirado la primera máquina, hecha de dos plataformas que chocaban una contra la otra dejándose marcas en la superficie bruñida.

Construirla había sido un proceso delicioso: concentrarse en hacer funcionar un instrumento, diseñarlo y buscar los materiales; en seguir un procedimiento ajeno a sus dolores; aislarse de sí misma entre la grasa la había liberado.

Al terminar esa máquina con sus esquinas de cobre y sus placas resplandecientes, con sus exhalaciones de vapor y sus escupitajos de aceite, con su estruendo, Miranda había vuelto a ser ella misma y empezado a plantearse preguntas, arruinando el objeto con sus interpretaciones y al fin encontrándolo redundante. Lo había a ido a tirar al baldío de la cuadra.

La máquina funcionaba cuando la dejó en la tierra, indiferente a la frustración de quien la manipulaba. Se limitaba a ser metal en movimiento respondiendo sólo a las leyes de la física, sin ninguna consideración por los caprichos del arte contemporáneo.

Era una máquina ocupada sólo de sí misma, con un propósito claro, sin cortinajes interpretativos, podía tener un objetivo y dedicarse a cumplirlo: las máquinas eran una respuesta a una búsqueda de silencio y, al verla en acción, respirando sus nubarrones de vapor, Miranda comenzó a arrepentirse de ponerle encima tanta estupidez teórica, tantas preguntas necias.

Cuando estaba de vuelta en casa, sacándose de las botas el lodo acumulado, cayó en cuenta de a dónde había ido a tirar la máquina: al preciso lugar donde unos años antes un enjambre de vecinos había encontrado la ropa de una mujer reportada como perdida.

Qué manera de liberarse de una idea, pensó, arrinconada. Y vinieron las dudas. ¿Y si alguien se robaba la máquina? ¿Si decidían destruirla sólo por estar ahí? ¿Habría valido la pena tanto trabajo puliendo las dos placas que entrechocaban a intervalos irregulares? ¿Y si un gato se paraba entre las placas y la máquina lo aplastaba? ¿Y si un niño decidía jugar con ella y la máquina le trituraba las manitas?

En el taller la esperaba la autómata levantando los brazos cada que Miranda cruzaba por su rango de visión. Con frecuencia se olvidaba de esa compañera que aguardaba entre los estantes y se sorprendía al recibir el saludo automatizado. Se acercó a ella para saludarla, para devolverla al patio trasero junto con toda su obra caduca o descartada, para decirle que había ido a tirar la máquina al terreno, para contarle que le daba miedo que alguien la robara. Al aproximarse a la cara de metal con sus cicatrices de soldadura, le dio vergüenza notar hasta entonces que esa autómata de caderas anchas tenía su nariz: el apéndice grande y aguileño de Miranda y de su abuela había sido reproducido casi a la perfección en aquella mujer de hojalata.

La autómata extendió los brazos y Miranda se preguntó si activaba su defensa fantasmal cuando pasaba frente a ella la familia de gatos del vecino, cuando por su sensor de movimiento atravesaba un cuervo de los que se paraban en el techo de lámina del estudio. ¿Le gustaría estar sola todo el día mirando las paredes, las tripas de obra inconclusa, el lavadero? ¿En qué se ocupaba una mujer encerrada en un patio de servicio?

Miranda apagó las luces del patio y subió a acostarse, pensando en aquella mujer de metal gesticulando hacia las arañas, sin mayor ocupación que defenderse de nada.

Despertó en mitad de la noche con unas palabras en el oído:

—Siente a la diosa.

No quiso moverse, el miedo la había petrificado. Los labios de la autómata junto a su cara, susurrando.

El zumbido en la penumbra insistió.

—¿Eres tú quien la ha llamado?

Miranda abrió los ojos pero no vio nada, como si estuviera bajo tierra. Estaba bajo tierra, la tierra sobre sus glóbulos oculares pintados de azul, los párpados a medio abrir parecían revolotear bajo sus cejas amarillas. Disfrutó la conciencia, disfrutó volver a despertarse sin acceder aún a la memoria, sensaciones apenas formando pensamientos. Un cosquilleo en las extremidades, el temblor en los párpados, algo que la jaló hacia el afuera, hacia la tierra y los gusanos, hacia la oscuridad de la nada que era el universo.

Estaba en su cama. Estaba bajo tierra.

—¿Quién? —preguntó Miranda—, ¿quién me llama? ¿Quién está enterrada?

—La diosa —dijo la autómata. Y Miranda se orinó en la cama.

PEPE HABÍA PASADO toda su vida en la misma casa, en la misma colonia, en el mismo cuarto donde ahora no dormía. Era tan parte del barrio como las fuentes del parque de la esquina, como la resbaladilla de metal a la que ya nadie podía subir porque no tenía escalones. Esa resbaladilla ya era vieja cuando él iba al parque, en su infancia; Pepe tenía una cicatriz larga y delgada cerca de la nalga, donde se dejó la carne a los diez años, en el diente afilado de aquel juego.

Eran las tres de la mañana y se levantó de la cama donde no había estado durmiendo. Yacía ahí un par de horas a descansar, a mirar el techo, a tratar de tomar parte del ritual urbano de acostarse por las noches.

Se puso la gorra con la visera hacia atrás como había hecho desde antes de perder el pelo de la coronilla, se ajustó la liga que sujetaba lo que aún le crecía sobre la nuca y se puso las botas de casquillo.

Su reloj negro de pulsera marcaba las tres cuando se daba por vencido cada noche y se levantaba a buscar la escoba de ramas junto a la reja de su casa. La reja era pesada y ruidosa, Pepe la deslizaba sobre su guía de metal y el chirrido se escuchaba intensificado por el silencio de la noche; los vecinos ya casi no lo oían, ni siquiera los perros ladraban porque el sonido era parte del roncar del vecindario, junto con el silbido fantasma de un velador que hacía décadas que no pasaba. Pepe salió a la calle húmeda por la lluvia, a la acera cubierta por hojas descartadas.

La suya era la única casa que no tenía un árbol frente a la puerta, eran los vecinos quienes dejaban a sus ficus crecer y deformar las aceras como tumores engendrados en el chapopote.

Cuando era joven sí había un árbol en su puerta, un majestuoso eucalipto de cinco metros que le tapaba el sol a su propiedad de un solo piso y la cubría de hojarasca. Nunca lo usó para treparse, le era más útil a los perros para dejar su olor a meados, a las ardillas para romper las ramas y caer sobre su techo.

Cuando la casa fue suya, Pepe fue libre de talar el árbol. Consiguió un permiso de la alcaldía argumentando que interfería con el paso de los cables de teléfono y de luz y con una motosierra descuartizó el eucalipto frente a todos los árboles que observaron mudos la caída de un igual.

Los vecinos salieron a insultar a Pepe; el señor de la nevería lo maldijo; Miranda hizo fotografías del aniquilamiento y recogió ramas y muñones que usó en su obra; todos lo llamaron asesino y luego lo amenazaron con envenenar a su perro. Pepe permaneció en silencio mientras el eucalipto se defendía a ramazos de la sierra.

Cuatro días estuvo el cadáver del árbol frente a su entrada porque había conseguido el permiso para talarlo, pero nadie iba a retirar los restos fragantes del exterminio. Uno a uno, Pepe fue metiendo los miembros mutilados a su casa, convertidos en mesas de centro, en sillas, en estorbos para que ningún auto se estacionara en su cochera.

Con la sombra, el árbol se llevó el dormir de Pepe y cumplidas las tres de la mañana salía a barrer las hojas de los hermanos de aquel árbol que parecían desquitarse a fuerza de hojarasca; y siempre que deslizaba la reja con su chirriar desvelado, encontraba lo que quedaba del tronco de aquel árbol, las raíces bajo la acera que nadie había extirpado, el occiso que llevaba treinta años reclamando.

Los vecinos habían integrado la experiencia a muchas otras que compartían quienes pasaban la vida entera en un barrio, ya nadie lo llamaba asesino, ninguno había cumplido la amenaza de envenenarle a los perros que había ido criando durante los años.

Cuando Pepe intentó abrir en su casa una pizzería, compró el horno de leña y lo alimentó con restos del eucalipto, los vecinos fueron y comieron masa mal cocida y queso de caucho. Cuando Pepe intentó abrir en su casa un servicio de lavandería, los vecinos llevaron sus calcetines sucios y sus calzones con manchas de sangre menstrual a que Pepe los lavara.

La suya no era una colonia desarrollada, más parecía olvidada por el tiempo, con parques sin zona especial para los perros, un lugar donde todavía las esquinas las ocupaba un sastre, un zapatero, una tortillería. En esos barrios la memoria es resbaladiza y las rencillas, las infancias, las muertes se van acumulando sobre las paredes como las capas de pintura que a veces se descascaran y dejan ver el color de otra que hay debajo.

Los vecinos se acomodaron en sus camas cuando escucharon el rasgar de la escoba de Pepe en el silencio de la madrugada, sabían que alguien estaba despierto, alguien vigilaba y se sentían, de algún modo, acompañados en el momento más vulnerable de su existencia, cuando se acuestan y se apagan.

Pepe barría mirando al piso, a las hojas, a la banqueta craquelada. En el cielo brilló un relámpago advirtiendo que la lluvia no había acabado de tirar rencores sobre su acera y cuando Pepe miró hacia el cielo y luego bajó los ojos se sobresaltó al ver una silueta en la ventana de la casa de enfrente, la de Miranda. Todas las luces estaban apagadas, pero la silueta era visible por momentos a la luz de los relámpagos, brillaba como si estuviera hecha de metal y tenía la cabeza calva y reluciente.

Tras haber barrido la calle que al salir el sol volvería a ser terreno de las hojas, Pepe fue a despertar a su perro, le puso la correa y salieron juntos a patrullar el barrio con su respiración lenta de animal dormido.

Casi todas las casas habían sido construidas en los cincuenta y tenían grandes ventanas de herrería, eran estructuras cuadradas y prácticas, sin espacio en las fachadas para los adornos. Todas tenían un pequeño jardín al frente y otro atrás, aunque algunos vecinos habían transformado sus jardines delanteros en cocheras donde los autos dormían apretados. En cada calle alguna acera había sucumbido a la persistencia de los árboles y Pepe no comprendía por qué no se cortaban todos para dejar paso a ininterrumpidas aceras de concreto.

Dos perros adormilados saludaron la ronda de Pepe y su bulldog, aunque la mayoría dormía y cuando mucho levantaba una oreja que no alcanzaba a despertar al levantante. La colonia era suya, el asfalto y los topes sin pintar en cada bocacalle eran parte de su cuerpo.

Cuando terminaron el rondín y en un amplio círculo se acercaron de nuevo a su casa, vieron a lo lejos que alguien esperaba, una silueta de pie frente a la reja negra de la casa de Miranda.

Se detuvieron, el cuerpo rígido; a esa hora no debería haber nadie rompiendo la continuidad de sus paseos. El bulldog lo jaló, le gustaba caminar, pero quería volver a subirse a su esquina del sillón y terminar la noche calientito. Pepe avanzó hacia la silueta, calculando su paso para alertarla de su presencia sin resultar amenazante. La silueta lo percibió y levantó ambas manos, el movimiento acompañado por un quejido metálico. Pepe continuó caminando lento, el bulldog había visto la silueta y ahora aullaba asustado con cada elevación de aquellos brazos que tenían una soldadura arriba de la muñeca, como si aquel ser vistiera una piel extra, del mismo material, extrañamente poroso, como si hubiera sido golpeado por un pequeño instrumento que dejaba marcas semejantes al interior de una dermis.

Eso fue lo que aterró a Pepe, porque supo que aquel dolor de tripas era miedo puro y blanco: aquel ser parecía llevar la piel puesta del revés, aunque fuera imposible porque estaba hecho de metal. Hecha de metal, se corrigió, pues alcanzaba a ver los pechos de la criatura que no se cansaba de levantar las manos para ahuyentarlo.

INÉS LLEGÓ AL BALDÍO por la mañana, antes de irse a la escuela; quería aprovechar los minutos que tenía libres antes de empezar las clases para avanzar en sus pinturas. En el terreno se encontró con la máquina.

Primero la observó a la distancia y luego se acercó atraída por los rotores de metal que se habían puesto a girar como si la saludaran.

Inés tenía diez años y las manos manchadas de pintura, en especial el dedo índice de la mano derecha, con el que presionaba la válvula de la lata de aerosol que solía llevar en la mochila. Había ido al baldío a tratar de terminar un grafiti que le había tomado mucho tiempo concluir porque su hermano Diego había necesitado ayuda para estudiar en la semana de exámenes.

Vivían solos en Cubilete 189, una de las casas frente al parque, la que tenía un enorme bambú en el jardín trasero. Algunos en el barrio sospechaban que se cuidaban solos: el panadero les preparaba el desayuno y se los dejaba en el escalón de la entrada; el vendedor de tamales acomodaba dos vasos de champurrado en la reja a las siete de la tarde; Pepe les daba algo del dinero que ganaba vendiendo empanadas y jamás reportaba a la patrulla que había dos niños, en apariencia huérfanos, en una de las casas más grandes de la zona.

Inés era capaz de cuidarse y de criar a su hermano, pero dejaba que la ayudaran; a los adultos les hacía bien sentirse indispensables.

Se acomodó el pasador que le mantenía el pelo fuera de la cara y miró girar los rotores de la máquina, cada uno marcado con una letra; eran veintisiete y conforme giraban iban formando palabras que ella no alcanzaba a leer ni asomando toda la cabeza por encima del mecanismo giratorio.

Familiarizada ya con la máquina, Inés estiró la mano para intentar tocar las letras cuando el aparato escupió una nube blanca y se cerraron de golpe dos placas que entrechocaron en el centro y por muy poco no aplastaron la mano de la niña entre sus superficies relucientes.

Maldita máquina maniaca, pensó Inés, divertida, casi me dejas manca y así cómo voy a rayar estas paredes.

En el baldío había encontrado ratas, cucarachas y borrachos. A las primeras dos las saludaba, a los últimos los evitaba porque, aunque tenía diez años, sabía ya del peligro que eran los hombres para las niñas, era algo que había aprendido muy bien de Agustina, su madre. Antes de que se fuera.

La máquina era lo más interesante con lo que se había topado en sus escapadas grafiteras.

Nadie en la colonia se oponía a que Inés pintara en el baldío, aunque ella no sabía que lo hacía con el permiso tácito del barrio. Había comenzado rayando tres letras en los postes: INZ, marcando así el trayecto de su casa a la escuela. Luego trazó sus letras en la ruta desde su casa hasta la tienda, hasta el parque, la papelería, y poco a poco fue delineando el perímetro de sus movimientos por el barrio.

Su hermano, Diego, sabía que debía mantenerse dentro de la zona segura marcada por las letras, INZ lo acompañaba cuando se escapaba al parque y bajo los juegos encontraba los trazos de su hermana. Los únicos que veían estas etiquetas eran los niños porque estaban trazadas a la altura de sus ojos; para descubrirlas los adultos habrían tenido que agacharse. Inés se sentía protegida por sus marcas, por su nombre en las defensas de los coches, en los troncos, en las tapas de las coladeras. INZ era el perímetro de su certeza y nunca lo cruzaba, convencida de que las pintas eran una especie de escudo que mantenía fuera los peligros.

En el baldío trabajaba en su primera pieza grande y lo hacía a escondidas, según ella.

Cuando las dos placas de la máquina se separaron, Inés volvió a intentar meter la mano hasta los rotores y al tercer intento lo logró, creyó que había descubierto el ritmo de la máquina y se confió, sintiendo con los dedos el girar de cada letra, pero el aparato escupió otra vez humo y cerró sus placas cuando Inés no lo esperaba, le desgarró la manga del suéter verde de la escuela y le cortó un poco la piel de la muñeca, dos gotas de sangre cayeron sobre los rotores con sus letras y éstos giraron más rápido y formaron el nombre de Inés, o eso le pareció, porque apenas se detuvieron y siguieron su girar enfebrecido.

La manga del suéter estaba separada del resorte que la ajustaba a la muñeca; por la tarde tendría que pedir en la papelería un hilo y una aguja pues si iba a la escuela más de dos días con el suéter roto, alguna maestra iba a empezar de preguntona.

Ya iba tarde, aún debía volver a casa por su hermano y correr las tres cuadras que los separaban de la escuela; si no se apuraban no podrían entrar confundidos con el enjambre de sus compañeros y alguna metiche notaría que habían llegado solos.

Diego la esperaba en la entrada de Cubilete 189, el pelo pegado con gel, los zapatos amarrados y las dos mochilas. Cuando su hermana abrió la puerta, salió sin decir nada para correr junto a ella a la escuela, siguiendo las INZs; los dos tenían muy clara la importancia de pasar desapercibidos, aunque en su carrera no supieron que los vieron correr Pepe, el peluquero y la señora que sacaba sus bolsas de basura y las dejaba horas mosqueándose en la calle hasta que se las llevara el camión.

Llegaron a la escuela cuando aún entraban algunos rezagados y Diego le señaló a Inés el pasador que le colgaba sobre la frente para que se lo acomodara; él sabía también la importancia de presentarse limpios para no generar sospechas y sujetó a su hermana por la muñeca en la que el suéter estaba desprendido, de modo que Margarita, la prefecta, no viera el material desgarrado.

¿Qué te pasa hoy?, preguntó Diego a su hermana con la mirada, ¿dónde estabas?

Margarita saludó a los dos niños con una inclinación de cabeza; llevaba tiempo viéndolos llegar e irse solos y cada mañana atravesaba unos momentos de incertidumbre pensando en qué haría si ése era el día en que los niños no aparecían.

Como algunas maestras de la escuela, estaba al tanto de que Inés era la encargada de la casa. Junto con las maestras que sabían, se las arreglaba para que durante las clases, en lugar de hacer manualidades sin función, los alumnos fabricaran algunas de las cosas que Inés y Diego pudieran necesitar: tejían entonces un gorro y una bufanda en el invierno, pegaban botones faltantes en los uniformes, cosían un tapete con retazos de toallas viejas.

Cuando Inés pensó que había logrado pasar con el resto de la manada que iba hacia las escaleras, en un impulso por correr —pequeña traición de su cuerpo joven—, su mochila escupió en mitad del patio una de las latas de aerosol que había querido usar en la mañana; su hermano hizo entonces como que se caía de panzazo sobre la lata para que nadie más la viera, dándole tiempo a Inés de meterla en la mochila. En su distracción jugando con la máquina, no había siquiera recordado completar su pinta.

Diego e Inés se separaron, cada uno en dirección a su salón; habiendo cruzado la puerta, la escuela era un lugar seguro donde podían bajar un poco la guardia, desde las siete y media de la mañana hasta las cuatro y media de la tarde podían confundirse con su ecosistema, jugar, comer el almuerzo empaquetado, igualito para todos, pelearse en el recreo jugando a "las traes" y ser como los otros habitantes de ese espacio.

Y cuando se acercaba la hora de salida, cuando habían comido la misma milanesa seguida de la galleta María que les daban de postre, Inés y Diego volvían a ponerse alerta, a buscar el momento preciso de salir mezclados con la multitud y caminar lento hacia su casa, tocando con la punta de los dedos las INZs que marcaban su camino, a veces saludando a la distancia a un adulto imaginario.

Pepe, que vendía empanadas en la esquina de la escuela, les daba tres a cada uno y los niños las llevaban a su casa para comerlas en la cena con el champurrado. Andaban lento sin notar los ojos colectivos del barrio que hacían relevos para asegurarse de que los niños no se esfumaran de camino a casa.

Margarita observó todo desde su lugar junto a la puerta. Le daba ternura ver que los dos niños estaban convencidos de que nadie conocía su soledad. Por las tardes, cuando regresaba a su cuarto en la azotea de un edificio, aprovechaba la altura para buscarlos por el barrio si es que habían salido, para verlos entrar a casa y asomarse a las ventanas, para mirarlos cenar en el jardín trasero y hacer la tarea bajo el bambú.

LAS MAÑANAS ERAN la peor hora de Miranda: despertaba adolorida, como si hubiera pasado la noche haciendo ejercicio y no en la cama. Ella lo atribuía al abanico de malestares que traía la menopausia y quiso hacer lo mismo con la mancha de orina que marcaba sus sábanas.

Bajó a la cocina y con el café se tomó las tabletas de hierro y de colágeno, la fluoxetina, las pastillas contra la colitis, los probióticos y los suplementos vitamínicos que estaba segura servían para nada.

Desde la cocina veía el pequeño jardín trasero, donde un círculo de tierra sin pasto señalaba el fracaso de Miranda como jardinera. Sobre ese espacio circular nada crecía, ni el pasto ni la hierba más tenaz, y daba siempre la impresión de ser tierra recién removida.

Si Miranda plantaba algo en ese espacio, al día siguiente estaba raíces para arriba como si alguien hubiera escarbado.

Ese círculo había estado ahí desde que la casa era de su abuela —quizá el anillo de mala jardinería fuera cíclico y hereditario—. Bebió café despacio, pensando en la tierra levantada, imaginando ir a Xochimilco a traer algunas flores que, esta vez, sí permanecieran firmes y crecieran.

Esa mañana evitaba acercarse al patio trasero, le daba miedo no encontrar a la autómata en su sitio, temía enfrentarse a que lo de la noche no había sido un sueño.

Siente a la diosa.

Dudaba de lo que había experimentado: ¿había sido real o un sueño fugaz? No lograba recordarlo, sólo podía reconstruir en su mente un fragmento, quizá imaginado: una majestuosa figura de la diosa madre, tallada en un monolito de doce toneladas, enterrada en el centro de la ciudad, inmutable ante el bullicio y la actividad de la metrópoli que la cubría. Una diosa de piedra bajo tierra que la llamaba —¿convocándola?—. Pero ella no creía en llamados sobrenaturales, Miranda era terrenal y práctica, bien plantada en la soberbia de quien está segura de que sólo ella existe. Se dejó envolver por estas reflexiones mientras los primeros rayos de sol se filtraban por las rendijas de la ventana, iluminando la cocina con una luz dorada y serena. ¿De dónde provenían esas imágenes? ¿Cómo podía ser que la autómata le hubiera transmitido todo eso?

Una sensación de desconcierto se apoderó de ella mientras luchaba por discernir entre la realidad y la ensoñación. La inseguridad que le provocaba la próxima retrospectiva de su obra, el momento de mostrar su cuerpo artístico desnudo, completo: estrías y celulitis y las marcas del tiempo sobre su piel expuesta, con todos sus poros y sus pelos, con toda su inminente vejez.

Las imágenes de la diosa madre tallada en piedra, enterrada en el corazón de la ciudad, se deslizaban por su mente como sombras. Una voz interior le susurraba que algo más estaba en juego, que quizá había sido tocada por algo más grande que ella misma.

La duda y la confusión seguían aferrándose a sus pensamientos, como enredaderas obstaculizando el paso hacia la claridad. Fue a la Lobo a buscar su Guía Roji, pasó las páginas hasta encontrar el centro de la ciudad, el Templo Mayor, y con un dedo remojado en café hizo sobre éste una marca amarillenta. Desde ahí llamaba la diosa.

Aunque inmersa en la reflexión sobre su experiencia nocturna, Miranda comprendía que su deber la llamaba de regreso a la realidad tangible de su trabajo con las máquinas. La necesidad de investigar y crear seguía siendo imperiosa, incluso ante la incertidumbre que la envolvía.

Hojeó la Guía Roji para volver a arraigarse en lo tangible, para recorrer con los dedos los espacios donde había dejado las máquinas, para buscar las INZs que tanto la intrigaban, para volver a pensar en los monumentos a la ausencia. ¿Qué otra artista había trabajado un concepto así? Ésa podía ser su entrada, su guía. Se forzó a recordar lo que sabía, lo que había estudiado, los nombres de las que habían caminado antes que ella el sendero hacia las lagunas.

Sabía que buscaba algo cercano a Dadamaino y su encuentro, en 1976, con una masacre en un campo de refugiados palestinos. Aunque monstruoso, el acontecimiento no había recibido mucha atención internacional y, en su dolor, la artista italiana había ido a la playa y se había descubierto, sin planearlo, trazando un símbolo en la arena y repitiéndolo cientos de veces, un símbolo abstracto que, en su reiteración, constituía para Dadamaino una carta a todas las mujeres del exterminado campamento palestino; cuando la artista volvió a su casa, dejando que las olas borraran su carta en la arena, se dio cuenta de que ese símbolo que había estado trazando formaba la letra h, la letra muda en su lengua italiana, y así empezó a desarrollar su alfabeto para quienes no tenían voz: el alfabeto de la mente.

Quizá eran las INZs un marcador semejante, un intento por llenar un espacio vacuo.

Su concentración volvió a romperse cuando escuchó que se abrió la reja eléctrica del garaje, asustándola, casi convencida de que sería la autómata, de regreso a susurrarle sus palabras imprecisas.

Al volverse hacia el portón descubrió que era su tía, Simeona, quien entraba.

Algunos días, más de los que Miranda hubiera deseado, Simeona aparecía de visita, llegaba como una nube de excentricidad que a Miranda le resultaba violenta e irresistible. Simeona la había criado, y cuando era niña le avergonzaba esa tía tan colorida, con sus faldas largas de paracaídas, hechas con serpientes de tela de diversos colores; el cabello cano y revuelto en un halo en torno a su cabeza; los aretes en forma de calavera, de fémur, de culebra.

Miranda todavía recordaba la hora de salida de la escuela, cuando le pedía a Simeona que se estacionara en la esquina más alejada de la puerta y le prohibía que se bajara de la Blazer amarilla que aún conducía, orden que Simeona nunca seguía y esperaba, como todas las demás, pegada a la puerta de la escuela. Miranda identificaba a su tía a la distancia, un paraguas arcoíris en un paisaje de sombrillas negras.

—¿No puedes vestirte como todas las otras? —preguntaba.

—Para qué, tan aburrido.

Simeona ya era casi una anciana, aunque parecía no darse cuenta y llegaba a visitarla con torres de recipientes con comida. En sus visitas, Simeona se sentaba con un kilo de tortillas a la mesa de la cocina y leían juntas el periódico. Luego la interrogaba sobre su obra y su salud: qué estás haciendo ahora; cómo vas con el zumbido en los oídos; a quién estás viendo; te estás tomando el colágeno; ya viste los videos que te mandé de Abramović en el MoMA. Miranda respondía a medias, con un aire de adolescente en examen final.

Simeona había sido siempre su principal crítica y maestra.

Cuando apenas empezaba a encaminarse hacia la escultura, su tía se había tomado muy a pecho el papel de guía y durante la cena le hacía cuestionamientos sobre alguna lectura que le había encomendado: ¿Ya leíste a Sontag, ya viste el libro con las siluetas de Mendieta que te dejé en el baño?

Las máquinas le habían parecido una idea espléndida, aunque compartía la preocupación de Miranda de que alguien se las robara y de vez en cuando se daba una vuelta por los lugares donde habitaban para ver que siguieran ahí, fermentándose en jugos urbanos. Conducía la Blazer amarilla hasta los baldíos, bajaba la ventana y las miraba con ternura, con orgullo y con distancia. No encontraba en ellas la oscuridad propia de la obra de Miranda, no se sentía obligada a buscar en ellas pistas de la fatalidad de su sobrina, no eran mensajes encriptados de su azar, eran simples artefactos. Y es que Simeona siempre había esperado de Miranda un cambio, una transformación, un momento cataclísmico en que su sobrina dejara de ser quien era para transformarse en algo más, en otra cosa, en un monstruo que Simeona sólo había imaginado.

Miranda había empezado su expresión artística de niña, en el jardín de la casa donde vivía con su tía y con su abuela. Los domingos, con la rigurosa puntualidad de los niños cuando algo les obsesiona, la pequeña se recostaba sobre la tierra del jardín y marcaba su silueta con un palo, luego excavaba en la silueta y la rellenaba con los restos de comida que había ido juntando en la semana. La figura de residuos orgánicos se iba descomponiendo y atraía ratas, lombrices y cochinillas, mientras Miranda pasaba las tardes registrando los cambios con dibujos en un cuaderno. No era buena dibujante y se frustraba al comprobar que los bocetos no reflejaban el caos ordenado de la descomposición de su silueta.

Cuando cumplió diez años, Simeona le regaló una vieja cámara Pentax que compró en La Lagunilla y juntas armaron un cuarto oscuro en el baño de la azotea. A Miranda la fotografía no le interesaba más que como registro de sus piezas, así que pronto fue la tía la encargada del proceso fotoquímico.

Lo que sí apasionaba a Miranda era el resultado del registro, las diferentes texturas de la degradación orgánica, y miraba las fotografías con una lupa durante mucho tiempo, como si fueran un mapa que le indicara hacia dónde debía dirigirse después.

Su abuela le había enseñado a hacer figuras de tela y engrudo desde que tenía cuatro años para entretenerla mientras hacía la comida. Miranda pasó de hacer bolitas y estrellas a siluetas humanoides que poco a poco fueron creciendo con ella y ocuparon repisas, bancos y sillones.

Las figuras blancas se convirtieron en habitantes cotidianos de la casa: aparecían sentados en el escusado, durmiendo en las camas, asomados a las ventanas; los más pequeños ocupaban los joyeros, los más grandes se sentaban en los estantes de las alacenas.

Una versión adulta de estas figuras blancas —ojos entrecerrados, bocas abiertas, cráneos con costuras— fue la primera exposición individual que presentó Miranda como escultora.

La abuela le explicó que en cada mezcla de tela, agua y pegamento dejaba células de piel muerta de sus manos, vellos de sus brazos, gotículas de saliva que se le escapaban al hablar y a Miranda le obsesionó la idea de que en cada uno de sus humanoides iba parte de su cuerpo.

Así comenzó a juntar el pelo que quedaba en los cepillos, las uñas que se cortaba, la cerilla de los cotonetes cuando se limpiaba las orejas, su sangre menstrual, y con todo eso hacía un caldo primigenio y lo usaba para figuras cada vez más humanas.

Desarrolló un estilo de rostro que se convertiría en su sello: los ojos de sus criaturas tenían doble párpado y las bocas labios dobles, como si en la cara llevasen una máscara de piel ajena. Luego quiso utilizar cabello de su abuela, uñas de Simeona, pero ninguna de ellas lo permitió, explicándole a Miranda que la esencia de cada uno está en lo que su cuerpo descarta y que nadie tiene derecho a tomar un solo pelo del cuerpo de otra persona.

La mayor parte de su trabajo lo hacía en el jardín y una vez completas y fotografiadas las piezas, Miranda perdía interés en ellas; algunas permanecían en sus sillones, otras se desintegraban entre la vegetación medio salvaje en torno al círculo de tierra en el jardín.

Cuando era niña no se cuestionaba la existencia de aquel círculo de tierra removida, ese espacio donde nada crecía. Pensaba quizá que así eran todos los jardines.

Y cuando la casa fue suya y fue suyo el círculo infecundo, tal vez lo confirmó antes de olvidarlo.

—Mi hermana se fue con la diosa el día que naciste —explicaba siempre Simeona cuando Miranda preguntaba sobre su orfandad, y al escuchar eso imaginaba sólo el llamado de la muerte. Entre la abuela y Simeona habían criado a la niña y de algún modo la moldearon para ser lo que ahora era.

Simeona había sido una artista de performance tan radical que de su obra no quedaba una sola imagen, jamás había permitido que se filmara o se fotografiara uno solo de sus *accidentes*, como ella los llamaba.

Los tenía todos bien catalogados en la memoria. Cuando era niña, a Miranda le gustaba meterse a la regadera, cerrar bien el capullo de las cortinas que colgaban de un aro de hierro y, mientras le caía el agua y la contenía el olor de champú de limón y sal de mar, le pedía a Simeona que le hablara de sus piezas.

Así, con la atención en su cuerpo húmedo, Miranda escuchaba y visualizaba a su tía joven, encerrada en una galería con doce espectadores. Todos los accidentes de Simeona la ponían en una posición muy vulnerable frente a los asistentes y Miranda la admiraba por atreverse a dejar que los demás la vieran así. La admiraba y luego tenía pesadillas soñando que era ella la que estaba acostada en el suelo helado de la galería, cubierta de miel y moscas.

Simeona le explicaba que no era valor, que no era sólo ella, que se trataba del espíritu de la época con Eleanor Antin y sus alter egos de diferentes géneros, razas y clases.

En su época, Simeona había sido un fenómeno importante; su obra, un espacio de libertad en el que no existía registro físico de los accidentes, aunque la tía insistía en que la memoria era el registro más importante y consideraba una falla en su proceso nunca haber podido acceder a los recuerdos de sus piezas que cada uno de los asistentes registró en su mente.

—¿Por qué nunca filmaste, por qué ni una grabadora de voz? —preguntaba Miranda mientras se tallaba las rodillas negras por pasar el día en el jardín, mientras se sacaba la tierra que parecía hacer su casa bajo cada una de sus uñas.

—Las registré todas, aquí, en la cabeza, en la mía y en la de otros —insistía Simeona—, y ahora andan allá, en este momento andan moviéndose por el mundo y mezclándose con recuerdos de personas, con olores y con miedos; siguen activas, en movimiento, hasta que un día se agotan con el recipiente que las alberga; y si ese recipiente tuvo la inquietud de contárselas a alguien, de comunicar la experiencia de uno de esos accidentes, mis piezas migran a otro receptáculo y siguen activas, sin importar que yo no sepa, que yo no exista, que el depósito nunca me haya visto. Ahora las estoy sembrando en tu cabeza —decía la tía cuando Miranda cerraba los ojos para quitarse el champú y la obligaba a abrirlos de golpe, dejando entrar la sal y el limón bajo los párpados—, ahora las estoy metiendo ahí y estoy creando un nuevo transporte para ellas, pero también las estoy alterando dentro de la mía; mis accidentes nunca están terminados porque cada vez que los recuento, como ahora, se contagian de presente: del olor a champú y del lunar que tienes en la cadera, del calor del baño y de tu cara de susto; así, la próxima vez que acceda a estos accidentes que te cuento, vendrá con ellos una parte tuya.

En el periódico del día leyeron que, durante unas obras de restauración de un edificio, se había encontrado en el centro de la ciudad un monolito gigantesco, una diosa prehispánica tallada en piedra. El hallazgo no tenía precedentes, nunca antes se había encontrado una pieza escultórica de tal tamaño y en ese estado de conservación: la diosa aún tenía sobre su superficie los pigmentos originales: el turquesa y el ocre y el rojo seguían adheridos a las espirales que conformaban su cabello, a las ataduras que sugerían que vestía una piel que no era suya.

Miranda sintió un escalofrío recorrerle las entrañas. *Siente a la diosa*, escribió en su Guía Roji, junto a la mancha de café que había hecho con el dedo.

Se acabaron las tortillas y la tía fue a buscar una cubeta, una escoba y una jerga, para comenzar su limpiar como forma de control, sacar las latas de pintura al patio de servicio, hacer un estudio forense de la obra incompleta o descartada.

Comenzó con los diversos rostros que habían sido ensayo para la cabeza de la autómata: una fila de caras malformadas, los cuellos muy largos, narices prominentes, bocas abiertas.

Puso en orden alfabético los rotores extra de las máquinas que ya iban poblando los baldíos de la Guía Roji de Miranda. Terminó de limpiar, la tarde se había escapado y su sobrina no había entrado en todo el día al estudio. Simeona la encontró dormida, en su cama. En el cuarto había un ligero olor a orina. Sintió el paso de los años cuando levantó la sábana que la cubría y quiso quitarle los zapatos: sus manos ya no tenían la fuerza necesaria y temía despertarla a fuerza de jalones.

Volvió a cubrirla, acomodándole el cuello torcido de la camiseta, y bajó por la escalera trasera, la que tenía ventanas hacia el jardín, ahora oscuro, iluminado apenas por la luz de la cocina, donde se sentó a esperar, los ojos recorriendo el círculo de tierra removida del jardín, buscando algún augurio, recordando el día en que se había marchado su hermana, la madre de Miranda. El día en que, Simeona sostenía, la llamó la diosa.

Cuando hubo oscurecido por completo, cuando los colores se escaparon de las formas, vio movimiento sobre la barda del fondo: una sombra oscura, demasiado grande para ser un gato, demasiado ágil para ser un perro.

La siguió con la mirada y vio a la silueta descender hacia el patio de servicio. Simeona espió por la ventana y descubrió a una niña robando las latas de pintura en aerosol que ella había sacado al patio, sopesándolas entre sus manos para ver cuáles todavía tenían pigmento antes de meterlas en su mochila. La niña exploró también la obra descartada, los rostros y las cabezas. Luego se acercó a la autómata, quien hizo su característico movimiento de defensa, asustando a la niña y haciéndola huir como una lagartija subiendo por la barda.

INÉS TREPÓ POR LA BARDA trasera del jardín de su casa y en una secuencia de practicados movimientos llegó hasta el jardín de Miranda. La casa estaba oscura, apenas salía una tenue luz de la cocina.

De un salto, Inés cayó sobre el lavadero de concreto que había en una esquina del patio de servicio, de ahí saltó al piso y con un zarpazo recogió las tres latas de aerosol semivacías que Simeona había puesto ahí por la mañana.

Le gustaba ir a ese patio no sólo porque de ahí robaba las latas de pintura, sino porque encontraba todo tipo de objetos interesantes. Sabía que en esa casa vivía una escultora y que, cuando se cansaba de su obra, la iba a tirar al patio trasero, donde Inés podía robarla. De ahí había tomado una mujer hecha de malla de gallinero y la había dejado acostada en la cama de su madre. De ahí había hurtado una maleta enmohecida que había llevado, como ofrenda, hasta el bambú de su jardín. Poco a poco la obra descartada por Miranda, en un robo hormiga, había sido trasladada a casa de Inés, quien trataba de llenar ausencias con las figuras femeninas creadas por Miranda.

En el patio había un habitante nuevo, una terrorífica mujer de hojalata que levantaba las manos al sentir la presencia de alguien.

La autómata podía caminar, levantando ambas manos para defenderse cuando alguien se acercaba, gracias a un sensor de movimiento en el centro de su frente. Desde la perspectiva de Inés, era una figura intrigante y familiar, parecida a todas las otras mujeres que había robado de ese patio, pero en algo era diferente, era una creación nueva, un aparato independiente de su creadora, que se daba cuerda a sí misma mientras andaba. Ocupaba un espacio y exigía reconocimiento. Era hermosa.

La autómata se movía con una precisión mecánica que fascinaba a Inés. Era como una madre que había sido despojada de su humanidad, operando en piloto automático, haciendo lo que se esperaba de ella sin cuestionamientos. Quiso robarla, como había hecho con tantas otras antes, pero era demasiado grande. Se acercó a ella, a donde debería tener las orejas, y esquivó su movimiento defensivo.

—Ven a mi casa —le dijo—. Voy a dejar la reja abierta.

La figura levantaba las manos, protegiendo su espacio con movimientos firmes y predecibles. No había cariño en sus gestos, sólo la eficiencia de una máquina programada para una tarea específica. La ausencia de cabello, de ropa, de cualquier indicio de vida, le recordaba a Inés en lo que su propia madre se había convertido antes de esfumarse: una presencia mecánica, sumida en una rutina sin alma. La luz se reflejaba en sus superficies metálicas, resaltando su construcción impecable y la frialdad de su diseño. Tuvo miedo, ¿cómo sabía Miranda lo que había pasado con Agustina, la madre de Inés? La autómata era una representación de su madre, atrapada en un ciclo de acciones repetitivas, privada de la calidez y el amor que antes conocía. Una madre deprimida.

—Ven a mi casa —insistió. En dos saltos y poco menos de diez minutos, estaba de vuelta en su propio jardín, armada.

A Inés le gustaba esa hora en la que los vecinos iban a sus casas, volviendo del metro o del mercado, hora en la que desde afuera podía ver iluminarse las cortinas a través de las que se adivinaban las familias sentadas a la mesa, los gritos de los niños que no querían hacer la tarea, el olor de las meriendas. Ahora no tenía mucho tiempo para detenerse frente a una ventana a aprender cómo era la vida vespertina que por la mañana reproduciría con su voz más convincente a quien le preguntara en la escuela qué había hecho con su tarde. Quedaba un grafiti inconcluso y necesitaba terminarlo.

Al llegar al baldío se acordó de la máquina que por la mañana le había dado la mordida que tuvo que explicar en la escuela culpando al viejo y desdentado bulldog de Pepe. La máquina seguía detenida y parecía que los rotores aún decían *Inés*, aunque en la penumbra no alcanzaba a ver con claridad y no estaba segura de atreverse a meter de nuevo la mano entre las placas.

Sacó de la mochila el plumón negro y se puso a trazar uno de los huecos oculares del cráneo sobre un ladrillo de la barda; trazó el ojo descarnado, sombreando la oquedad con trazos cortos sobre la superficie esponjosa del ladrillo y soplándole a la punta del plumón cuando acumulaba piedritas terracota.

Luego sacó el espray verde e hizo dos líneas precisas con su estela, por encima de la órbita ocular sin carne, completando con ellas el perímetro del cráneo que se formaba si se miraba el terreno desde un punto preciso en la acera.

Pintó rápido, tratando de no respirar las gotículas de tinte que flotaban en el aire, olvidándose con cada exhalación de las ausencias en su casa, de los miedos de Diego, de sus pesadillas.

Ya no era Inés la responsable, era INZ dejando en las paredes su huella estilizada.

Antes de atreverse a hacer murales había pintado piedras. Como no podía alejarse de casa, como no debía romper el perímetro de sus INZs que la mantenían segura, pintaba piedras con sus letras y las escondía en las defensas de los coches, en las cajas de las camionetas, en los soportes de las llantas de refacción, en las canastas de las bicis. Así las piedras viajaban y se caían en algún sitio de la ciudad, llegando las INZs a lugares que Inés nunca había visto.

Sus transportes favoritos eran las camionetas negra y amarilla que entraban y salían de la casa de Miranda: en la caja de la Lobo dejaba sus mejores piedras, imaginando en ellas las semillas de los viajes que aún no hacía.

Las latas de pintura que robaba a Miranda solían estar casi vacías. Cuando sintió que la que usaba tenía ya poco aliento y ya se iba, Inés volvió a acordarse de la máquina y se acercó con la lata en alto, el dedo listo para desatar una neblina jade sobre fierro y soldadura.

Dejó caer una descarga verde sobre las placas de metal y éstas respondieron con una mordida que estuvo cerca de tirarle la lata de pintura.

Mugre máquina mordelona, pensó Inés, encantada.

Disparó ahora la pintura lo más adentro que pudo, llegando casi a las letras sobre los rotores. La máquina los reajustó y escupió una secuencia de palabras que Inés apenas alcanzó a captar: *Vulnerable. Ansiosa. Sola.* Cuando Inés iba a soltar un último cúmulo pictórico, las dos placas volvieron a cerrarse.

—Te va a arrancar una mano —dijo la voz de una mujer al fondo del baldío. Inés se habría echado a correr de no haber dejado junto a la barda, bajo el ladrillo con su ojo descarnado, la mochila de la escuela.

De las sombras salió Simeona.

—Si te gusta, hay otras máquinas como ésa, algunas aquí cerca —dijo Simeona señalando el aparato con la cabeza.

Inés guardó silencio, la vieja habría de pensar que era tarada para seguirla a cualquier lado con un truco tan sencillo, poco le faltó para ofrecerle un dulce. Necesitaba, sin embargo, su mochila: se cuidaba mucho de no perder sus cosas y de nunca faltar a entregar en la escuela las tareas; cualquier falla, cualquier ausencia, y las maestras andarían de preguntonas. Además, en la mochila traía su posesión más preciada: un libro escrito por su madre, un libro donde Agustina narraba la última noche de la abuela de Inés. Ese libro tenía una portada blanca en la que aparecía el dibujo de una mujer de piel verde, como los cráneos que Inés ahora pintaba en sus grafitis. El libro siempre estaba en su mochila, en sus márgenes Inés había ensayado sus INZ, en sus primeras páginas había trazado el mapa de la última caminata que había hecho con su madre antes de que Agustina perdiera la capacidad de salir de casa. Antes de que se esfumara. No podía dejar ahí la mochila.

Simeona, reconociendo en la niña el miedo y la destreza, se acercó a la mochila y la levantó.

—Te la aviento si me dices cómo puedo ver lo que pintaste.

Inés respondió con un gesto hacia el ladrillo: ahí está.

—No, quiero ver la pieza completa, dime dónde tengo que pararme.

Inés lo pensó un poco y decidió que no había mucho riesgo en la propuesta; a fin de cuentas, su intención era que alguien viera sus pinturas.

Caminó hasta el lugar en la acera desde donde había planeado la totalidad del cuadro y con el aerosol dibujó una espiral sobre el piso.

—Si quieres ver otra máquina puedes ir tú sola, no está lejos. Camina hacia el fondo del canal de los patos y ahí donde se acaba, donde topa la pista de atletismo con la avenida, vas a poder verla, está adentro del canal, cerca del agua. Ten cuidado, no te caigas, esa agua debe estar puerquísima.

—Yo no me caigo —dijo Inés—. Si quiere ver la pintura póngase de rodillas, aquí.

Simeona levantó la mochila y la lanzó hacia Inés, quien apenas atraparla se echó a correr hacia su casa.

Simeona fue entonces a pararse donde la niña le había dicho y, al no alcanzar a ver la obra completa, con mucho cuidado se arrodilló sobre el asfalto. Desde ahí, con sus ojos a la altura de los de un niño y con ayuda de los faros de un auto que pasaba, pudo verla: el rostro de una mujer, o medio rostro, pues sólo la mitad izquierda tenía rasgos y piel y músculos, estando la otra mitad completamente desollada.

Simeona sintió calambres en las piernas y quiso aun así correr tras esa niña. ¿Cómo había reproducido precisamente esa imagen? ¿Por qué había pintado el cráneo descarnado que Simeona solamente había visto la noche en que había desaparecido su hermana, la misma noche del nacimiento de Miranda? Tenía que ser una casualidad.

La diosa, sin carne. La diosa desollada. La diosa vistiendo una piel que no era la suya.

Se quedó ahí, un poco por querer y un poco porque no conseguía levantarse, pensando en la infancia de Miranda. Minutos después del primer grito que dio la niña al llegar a este mundo, la madre de Miranda había caminado hacia el círculo del jardín y se había puesto en cuatro patas.

La imagen estaba sellada en la mente frágil de Simeona: su hermana desnuda, con las piernas todavía cubiertas de placenta y mierda, y ahora también de lodo, arrastrándose hacia el centro de la tierra removida en el jardín. Simeona había querido gritar: ¿Qué haces?, pero las palabras se atoraron en su garganta. Vio cómo su hermana abría la boca y se dislocaba la mandíbula, cómo comenzaba a arrancarse la piel de medio rostro con una determinación escalofriante, antes de enterrar la cara desfigurada en la tierra bajo ella. La tierra pareció devorarla, y en el aire quedó flotando el eco del grito de Miranda, mezclado con el horror de Simeona, que no podía apartar la mirada de aquella visión grotesca.

Eso recordaba Simeona de la última noche de su hermana: cómo se había desollado, a sí misma, media cara. Nunca dudó de eso que sólo ella había visto. Nunca dudó de que su hermana había sido llamada por la diosa, que se había quitado la piel para parecerse a ella y que se había ido de sus vidas cavando un túnel en el jardín.

Muchos años custodió la tía a Miranda, muchas noches pasó esperando que la niña se levantara de la cama en que dormían juntas y bajara en cuatro patas al jardín, pero Miranda no parecía tener ganas de dislocarse la mandíbula y comerse media cara para luego mascar un túnel en la tierra removida.

Nada convencería a Simeona de que no había visto el incidente. Pero la vida se acababa y Miranda no escuchaba la voz de ninguna diosa. Lo que sí hacía era caminar dormida, se levantaba cada noche a recorrer la casa; a veces chocaba con alguna silla fuera de lugar y Simeona se moría del susto: ya empieza.

Así se acostumbraron a cerrar todas las puertas menos la del jardín, nunca la del jardín, esperando el día en que Miranda se fuera como ya se había ido antes su madre.

EL CAMIÓN DE LA MUDANZA se alejó por la calle cargado con todas las cosas que habían conseguido acumular en los cuatro años desde que eran una familia, las cosas que les importaban y las que no; los cubiertos y los manuscritos; la silla con la pata rota y el escritorio en el que Agustina nunca había terminado de acomodarse.

Era temprano, en la mañana, y hacía ese frío de la Ciudad de México que a mediodía se degradaba en calor contaminado.

Los dos niños estaban con Agustina en la calle, cada uno dentro de su chamarra, Diego sentado en la carriola, Inés un poco más lejos, derrumbada en el escalón de la entrada en un acto de desobediencia civil pacífica porque era ella quien haría la primera parte del viaje caminando.

No preguntaron por qué no iban en el carro con su padre. Les hubiera gustado ir en el camión de la mudanza, tambaleando entre las camas y los ficus, pero eran muy pequeños —Inés siete años, Diego cinco— y aún tenían edad para engañarlos y hacerles creer que, como ésa eran todas las mudanzas.

El camión se internó en la ciudad y ellos se prepararon para hacer lo mismo, a su modo.

Agustina sentía la necesidad de realizar la mudanza a pie, como si cada paso fuese una peregrinación hacia una verdad escurridiza. Cada huella que dejaba en el suelo era un intento por encontrar la frontera difusa entre la realidad y las sombras de su propio temor.

Quería alargar el viaje, estirar el tiempo entre un lugar y otro, como si en esa transición encontrara respuestas a las preguntas que la acosaban.

Cada paso marcado con cuidado era un intento por discernir lo auténtico de lo ilusorio. Agustina no era confiable, su mente se desplazaba siempre, un pelín, hacia lo incierto.

De la carriola colgaba una bolsa con comida, agua, leche, semillas y galletas. Un muestrario de lo que el manual de buena madre imponía para viajes como ése y que Agustina había tratado de cumplir al pie de la letra: sombreros, bloqueador, botella de agua con atomizador para refrescar nucas y cabezas rostizadas.

No había manual para viajes como ése, viajes hacia lo real, pero Agustina se adaptó, ser madre era estar en constante metamorfosis sin saber muy bien cómo sería la criatura de destino.

Quizá una piedra.

Un charco.

Cada niño llevaba su propia mochila en la que había empacado lo esencial. Inés: sus colores y un oso de peluche al que le dejó la cabeza fuera del cierre para que pudiera ver el camino. Diego: dos carritos, un bloque de madera y su mamila. No sabía aún qué era para él lo esencial y Agustina lo dejó que averiguara.

Ella llevaba un cuaderno de tapas negras y los brazaletes del hospital que habían identificado a sus hijos cuando nacieron. Femenino Lagos, decía el de Inés. Masculino Lagos, el de Diego.

Agustina llevaba también los pasaportes, las visas. No saldrían del país, la única frontera que iban a cruzar era la de la alcaldía; aun así, sintió la necesidad de llevarlos, de marcar el viaje, o quizá de conservar la posibilidad de huir.

—Vámonos.

Inés se levantó, dejó de quejarse, le gustaba estar en movimiento.

Caminaron hasta la esquina de Manuel M. Ponce y Jaime Nunó. Empezaron. Si te cansas me llamas, les había dicho Braulio cuando se dio cuenta de que Agustina no iba a cambiar de opinión, de que no iba a terminar por subirse al carro con los niños, cuando se resignó a que en verdad iba a caminar hasta la nueva casa en Cubilete 189.

La casa no era nueva. Primera cosa en el día que Agustina identificó como no real. Debía ser muy cuidadosa. Sacó el cuaderno e hizo una nota: *La casa no es nueva*. Era su casa. Donde creció. Donde había visto por última vez a su madre. A pesar del cambio de pintura en la fachada, de las lámparas que habían llegado por correo y que ahora colgaban en la sala.

Cubilete 189 estaba en ruinas, llevaba muchos años deshabitada y había desarrollado esa habilidad de las casas vacías para autoconsumirse, para volver al origen de los materiales: puertas a madera, ladrillo a polvo, cortinas a arañas.

Era una de esas casas que resoplaban durante el día y gruñían por las noches, que escupían escalones y que se comían a las ratas.

No había querido mudarse a una casa resentida, pero el trabajo de Braulio no les había dejado otra opción, Cubilete 189 esperaba siendo un cráter en mitad de la cuadra y por ese cráter no pagarían renta. Agustina volvió a sacar el cuaderno mientras empujaba la carriola al paso de Inés: *Cubilete 189 no es un cráter en mitad de la cuadra, sólo lo es en mi memoria.*

Y había que pensar en el jardín.

En quien habitaba el jardín.

Más tarde. En algún punto del camino.

Caminaron las tres cuadras que los separaban de Insurgentes e Inés dijo estar cansada, insistiendo en que era su turno de subirse a la carriola.

—Qué injusto, mamá, él va ahí todo cómodo y yo ya caminé cientomil kilómetros, me toca —repitió esa frase mientras daban vuelta a la derecha y las quejas se diluyeron al cruzarse con un puesto de tamales.

—Tengo hambre.

—Acabas de desayunar.

—Ya caminé cientomil kilómetros, necesito energía.

—Acabamos de salir de la casa.

Va a ser un viaje largo, escribió Agustina en el cuaderno.

Cuando consiguió volver a ponerse en camino pensó en los primeros meses tras el nacimiento de Diego, cuando Agustina no conseguía salir de la regadera. ¿Era entonces que se había roto? Encerrada en el baño, el agua le caía en la cabeza, en el rostro, se le metía en las orejas. Se sentaba en el piso y agua caía encapsulándola en el único refugio que había encontrado en esos días. Ahí estaba segura, no podían exigirle nada cuando estaba en la regadera. Le dolía la espalda, los pies, el vientre, todo le dolía, el agua caliente adormecía las punzadas. Hubiera querido beberla, pero el agua en la ciudad estaba tan sucia como el cielo.

La luz sobre el espejo del baño hacía brillar algunas gotas en la pared, otras formaban pequeñas sombras ovaladas. El hilo de la voz de Inés trataba de imponerse sobre el ruido de la regadera, la voz de Inés y el rechinido de un juguete que preguntaba si alguien quería ir a jugar a la granja. La voz de Inés insistía, desde su cuarto.

—Ya voy —contestaba Agustina, como si fuera a moverse. Había una cicatriz en su vientre, la cicatriz que quería esconderse entre el vello púbico y no podía porque se había hecho roja y abultada, como en el primer parto, cuando había nacido Inés; parecía un gusano que se arrastrara sobre su cuerpo, aunque nunca se movía. Se agitaba si Agustina reía.

El primer día, tras salir del hospital, tres nudos negros marcaban el principio, la mitad y el final de la apertura y Agustina debía limpiarla con el mismo ungüento que usaba en lo que quedaba del cordón umbilical de Diego.

Agustina y Diego, dos supervivientes de la misma batalla. Sólo Diego sabía de las nueve horas de trabajo de parto caminando en el pasillo sin querer despertar a Inés, sin poder despertar a Braulio. Sólo Diego sabía de hacerse juntos bolita en la camilla del hospital tratando de no moverse mientras una larga aguja le perforaba la espalda, sólo él sabía del terror y de las luces y de la voz del anestesiólogo exigiéndole que se quedara quieta, aunque tuviera contracciones, que dejara de temblar.

Lo que Diego no sabía era la angustia por ser responsable de dos niños pequeños en un país que siempre querría devorarlos. Un país que acechaba a sus jóvenes, que los masticaba y luego los escupía, cenizos.

Con frecuencia, Agustina se preguntaba qué pasaría si el cuerpo de cada mexicano muerto se quedara, como monumento, en el lugar en el que había expirado: ésa sería una manifestación de dolor inevitable, una marca en el paisaje que evidenciara el olor a carne pútrida que no permeaba la tierra.

Si pudiera llevarlos a los dos metidos en la panza podría protegerlos de ese Saturno de país. Si pudiera comérselos.

En la regadera se sentía a salvo, nadie podía quitárselos, nadie podía decir: dame eso; aliméntame; mantenme calientito.

La regadera había sido su propia cueva en la que llovía sólo para ella.

Llevaba puestas unas botas para lluvia color verde, las botas, no la lluvia; las botas se le llenaban con el agua de la regadera y cada pie tenía su propio charco. Al final de su segundo embarazo, *de su cuarto embarazo, el segundo logrado*, las usaba todo el tiempo para evitar resbalarse pues en la ciudad llovía todo el año y ella tenía terror a una caída. Al menos eso era lo que decía.

La verdad era que las usaba para ocultar los hongos que habitaban en las uñas de sus pies y que las habían convertido en areneros en los que niños diminutos podrían hacer castillos. Un organismo más viviendo de su cuerpo.

Sus pechos, cuando vivía en la regadera, eran pesados, le cosquilleaban los pezones, sentía un dolor agudo antes de que la leche comenzara a gotear, uniéndose al agua que se iba por la coladera. El llanto de Diego, quien sabía que la leche se desperdiciaba, hacía que Inés rodara la carriola hasta el baño. Agustina sacaba a Diego de la carriola, le ofrecía un pecho y el llanto cesaba.

Ella creía que de tanto mojarse terminaría resfriada, quizá le daría una pulmonía por los cambios de temperatura, se mareaba, a veces temblaba, podría ser un resfriado, también podía ser algo peor y tendrían que llevarla de vuelta al hospital, donde nadie le pidiera nada.

Las botas verdes habían sido muy útiles porque sus pies estaban hinchados y no entraban en otros zapatos.

Diego se le dormía en los brazos y con el agua se le quitaba el olor a leche agria. Inés se sentaba en el tapete del baño, armando un rompecabezas. De vez en cuando gritaba tan fuerte como podía para recordarles que existía y que una vez había sido ella quien mamaba de esos pechos. Quizá sólo gritaba porque le gustaba cómo rebotaba su voz en los azulejos del baño; aullaba porque tenía tres años y un hermanito bebé; berreaba porque su mamá no salía de la regadera.

Inés solía mirarla desde la puerta del baño, nunca le preguntó: ¿qué haces ahí metida todo el día? Se sentaba a jugar en el pasillo, junto a la puerta; entraba al baño y sacaba metros y metros de papel del rollo.

Un día llevó al tapete todos sus juguetes. A veces se acercaba tanto a Agustina que pegaba su nariz con la de ella y repetía: Inesinesinesines hasta que la palabra perdía significado y la hacía reír. A veces golpeaba a su madre en el estómago. A veces la mordía con el filo de los dientes. Podía hacer las torres más altas con sus bloques de madera y las hacía sola. Era una niña grande.

Cuando los pechos de Agustina se vaciaban y se derramaban cuerpo abajo como tantas gotas de agua, pensaba en salir de la regadera, estaba convencida de poder hacerlo cuando quisiera. Ése era sólo un largo baño. Se lo había ganado.

Creía que podía salir en cualquier momento, que podía ir a jugar como lo hacía antes con Inés, quien le acababa de dejar dos manzanas envueltas en el tapete del baño.

Se sentaba en el piso, se recostaba sobre su lado izquierdo y los azulejos blancos la recibían como una almohada, bajo la sombra del toallero su refugio se tornaba una cueva, no iba a moverse, iba a quedarse ahí y la gente tendría que saltar sobre ella en su ascenso hacia la vida cotidiana. Se convertiría en un monumento. Como su madre. Botas verdes. Sube las escaleras, pasas Botas Verdes y la segunda puerta de la derecha es mi cuarto, diría Inés cuando fueran de visita sus amigas.

Un día Inés se había parado junto a la puerta de la regadera, calzada con sus pequeñas botas para la lluvia, en la mano llevaba una sombrilla. Se había metido a la regadera, se había acostado junto a su madre, y había abierto la sombrilla.

—Yo también traigo un cuaderno —dijo Inés, sacando de su mochila un libro blanco que Agustina reconoció de inmediato: era el suyo. Los niños caminaron hablando entre ellos y Agustina recordó que cuando Inés nació, la llevaba en largas caminatas por el parque y no podía quitarse de encima la sensación de que en lugar de con una bebé, paseaba por la calle con una bolsa llena de dinero, casi provocando a los transeúntes a que se la robaran. Una madre exhausta caminando sola con una bebé se le antojaba una provocación. Miraba a otras madres en el parque y se preguntaba si se sentían tan seguras como aparentaban. *Sí. ¿No?* No sabe. No quería aprender a vivir con miedo, pero era mujer y mexicana y el miedo venía con el brazalete que marcaba: Femenino.

Inesinesines.

El miedo era endémico del ecosistema de Agustina, ella siempre tenía miedo y no sabía si éste de —a— los hijos era nuevo o era justificado, porque a algún miedo había de atinarle, alguno sí había de tener correspondencia con la realidad.

El miedo era su naturaleza y le aterraba que fuera la de Inés. La de Diego. Por eso los había incluido en esa caminata, por eso los arrastraba ahora por la calle el día de la mudanza.

INÉS NO TENÍA PERMITIDO salir de noche. Una vez que el sol dejaba de iluminar las puntas del bambú en el jardín de Cubilete 189, ella y Diego encendían luces para dar la impresión de que la casa estaba habitada. Recorrer su espacio juntos, de la mano, decidiendo qué luces encender y cuáles dejar apagadas, era el ritual que señalaba el inicio de la noche, el tiempo de descanso, cuando podían dejar de preocuparse por parecer acompañados. Detenidos en los umbrales de las puertas se preguntaban: ¿Dónde estaría Braulio ahora? En la sala de tele, enciende el aparato y ponlo en el futbol. ¿Y Agustina? Estaría en la cocina, picando cebollas, prende las luces de allá. ¿Y nosotros? ¿Dónde estaríamos si no fuéramos estos nosotros solitarios? Yo estaría con él viendo la tele, imaginaba Diego sintiendo los pies sobre la mesita de centro, sus pies junto a los de Braulio. Yo estaría sola, sospechando que se marchan.

Con las luces encendidas y la tarea hecha, podían sentarse a leer los libros que quedaron en los libreros o escuchar los discos que Braulio coleccionaba. Diego se escondía bajo la mesa y lloraba calladito, Inés decía que iba al baño y se escapaba por la barda del jardín hasta la casa de Miranda, donde encontraba latas de pintura en aerosol que parecían estar ahí esperándola. Donde iba a insistirle a la autómata que escapara.

Como no cruzaba la puerta de la entrada, Inés no sentía que rompía su autoimpuesta prohibición de salir durante la noche. Seguían un programa riguroso que les había permitido engañar a todo el mundo. Inés había escrito el horario y el reglamento que ambos seguían como pequeños soldados del desacompañamiento.

A las diez de la noche, Inés bajaba a la cochera, abría el candado de la reja y lo volvía a cerrar, imaginando que los vecinos concluirían que regresaban los adultos a la casa.

Una vez completo el encendido de las luces, Inés miró hacia afuera y se convenció de que, siendo ella misma quien había escrito el reglamento, tenía la libertad de modificarlo. O de ignorarlo. Si se apresuraba, quizá alcanzaría a caminar las dos cuadras que separaban su casa del canal de los patos antes de que fuera irremediablemente tarde y podría echarle un vistazo a la otra máquina. Tal vez podía incluir una cláusula que dijera que se puede salir de casa siempre que la salida sea una exploración pictórica.

Sabía que era trampa y aun así, sin decirle nada a Diego, quien estaba en su cuarto haciendo largas filas con los zapatos de Braulio y Agustina, Inés salió de casa. Caminó rápido, mirando a todos lados para asegurarse de que nadie la observaba, tocando con la punta de los dedos las etiquetas de INZ que se encontraba en el camino, cada vez más escasas conforme se alejaba de su centro. No corrió para no levantar sospechas.

Cuando alcanzó el camino de grava roja que enmarcaba el canal de agua estancada donde vivían cuatro patos, se topó con la última de sus marcas. Una INZ final marcaba el precipicio. Más allá no había cruzado. El mundo al otro lado de sus letras no parecía diferente al suyo, sin embargo era un espacio inexplorado con otros habitantes, otros vecinos, otros perros y tlapalerías. Una cortina de peligro separaba el mundo de este lado de sus letras y ahora se proponía cruzarlo y perder su protección, abandonar el perímetro que había construido. No podía regresarse a casa, ni que fuera tan cobarde. Violada la primera enmienda imaginaria que había hecho al reglamento, continuó andando sobre la grava que cedió el paso a una pista de arcilla para corredores. Inés se sorprendió al ver que la pista estaba iluminada, algunos hombres jóvenes todavía pasaban junto a ella, corriendo, haciendo ejercicio, todos con audífonos y la soltura que sólo los hombres podían permitirse por la noche.

Se agachó, fingiendo que pertenecía ahí como cualquiera y que sólo se amarraba la agujeta, y con el dedo trazó una INZ apresurada en la arcilla.

Había imaginado llegar hasta la máquina y regresar a casa en diez minutos, pero ya había pasado casi media hora y no alcanzaba a ver dónde terminaba el canal. Las farolas se repetían hasta donde llegaba la mirada y los corredores eran cada vez más escasos.

Estaba rompiendo todas sus reglas. No tenía permitido caminar sola. No tenía permitido meterse en situaciones que la asustaran. No tenía permitido llorar afuera de su casa. Pero, habiendo avanzado tanto, no se atrevió a emprender la vuelta sin haber alcanzado su objetivo. Siguió avanzando, dejando tras de sí unas INZ en la arcilla que la hacían sentirse un poquito más segura.

A lo lejos, Inés vio al fin las luces de autos circulando y supuso que en esa calle terminaban el canal de los patos y la pista de atletismo. Se asomó hacia el agua, pero no vio patos, sólo densas nubes de mosquitos reunidas en los charcos de luz que lanzaban las farolas. En el fondo, casi en el agua, un vago brillo metálico y un cúmulo de vapor acompañaban a los mosquitos.

Inés trazó una última INZ en la tierra y descendió por la inclinada orilla del canal hacia el agua. Sí, estaba segura. Algo brillaba abajo. Fue olvidando el miedo y todas las reglas que había roto en la última hora.

Ahí había otra máquina. Ésta tenía una enorme boca oscura al fondo de la cual se veían los rotores con las letras que giraban y formaban palabras que había visto en la primera de las máquinas: *Intercambio. Discurso. Diálogo.* El aparato estaba en una laguna de oscuridad; Inés no pudo ver dónde empezaba la máquina y dónde comenzaba el lodo. Estiró la mano para tratar de alcanzar las letras cuando una lengua de metal pareció dar un lengüetazo y le dejó en la muñeca una herida delgada y profunda. Inés gritó, sorprendida tanto por el dolor como por el ruido que su garganta había escupido. ¿Hacía cuánto no gritaba? Estaba prohibido gritar.

Imaginó que los chillidos de una niña en el canal alertarían a alguien, así que subió a gatas, de vuelta a la pista de atletismo. Los pasos de los hombres que se ejercitaban habían borrado todas las INZ de la arcilla. Así, desprotegida, corrió sin importarle sus reglas, sus permisos y sus protocolos calculados para que perdurara su existencia. No supo cuándo cruzó de vuelta el halo protector, ni cuándo comenzó a encontrar sus letras en los postes.

Llegó a su puerta en Cubilete 189, sucia y lastimada. Entró esperando los gritos de Diego, su llanto, sus regaños. Pero lo encontró dormido en la sala. Frente a él, un plato con restos de tortilla mostraba que el niño había cenado. Su cabello húmedo indicaba que incluso se había bañado y puesto la piyama.

Inés entró en la cocina para tomar agua y un trozo de pan con qué tragarse el susto. Mientras masticaba, escuchó, o creyó escuchar, unos pasos saliendo hacia la reja, el recorrido del candado que se abrió, la reja que chirrió para luego cerrarse con el ruido que el reglamento marcaba como necesario a las diez de la noche.

Inés estaba tan cansada, tan asustada y con el brazo herido, que se sentó junto a su hermano en el sillón y se quedó dormida.

El grito del despertador los encontró todavía en la sala. Inés seguía con la misma ropa sucia, los calcetines enlodados y una costra de tierra y sangre en el brazo.

—¿Dónde estabas? ¿A dónde fuiste? Me dejaste más solo que solo —reclamó Diego mientras la seguía hasta el baño.

Inés se bañó en dos minutos, sacándose el lodo y el miedo de las uñas y el cabello, mientras escuchaba los reproches de Diego. Ella ideaba alguna excusa para justificar el brazo herido. Con Diego detrás, preparó las mochilas y salieron a la escuela. Mientras caminaban, Diego siguió contando lo que había ocurrido la noche anterior.

—Cuando el reloj de la cocina dio las ocho —relató Diego—, me puse a buscarte en la casa. Pensé que estabas afuera en el jardín, con tus muñecas de malla de gallinero. Ya era hora de bañarse.

Se bañaban juntos porque a Diego le daba miedo cerrar los ojos para ponerse el champú. Si Inés no se metía con él a la regadera, el niño se bañaba con los ojos abiertos y salía casi llorando del ardor.

—Bajé las escaleras, pero no estabas —siguió contando el niño, mientras caminaban a la escuela—, me asomé a la cochera, metí la cabeza entre los barrotes de la reja para ver si estabas en el baldío, pero por más que estiraba el cuello como jirafa no te veía.

Entonces fue por las llaves, abrió el candado de la reja, con mucho trabajo porque le temblaban las manos, y vio que en el baldío no había nadie. Sintió un calor intenso subirle por los calcetines y alojarse en sus testículos. Había querido salir corriendo, le contó a Inés, pedir ayuda.

—El calor se me subió a la panza y se me hicieron las piernas como de liga —dijo, sujetándole la mano para cruzar una calle—. Me fui de boca porque las piernas como que no me funcionaron, no sé cómo no me di con la cabeza contra el piso. Y ya cuando estaba acostado en la banqueta, sentí que alguien me tocaba la frente y me levantaba la cara con unas manos duras.

Unas manos pesadas lo habían tocado con cuidado, anunciando su fuerza controlada. Y Diego dijo que dejó que esas manos lo pusieran en pie y se sujetó de una de ellas para volver a entrar a casa, aliviado de tener quién lo guiara.

—¿Unas manos de metal? —preguntó Inés, reconociendo a la autómata en el relato de Diego.

—Frías. Duras. Automáticas —dijo Diego e Inés supo que la autómata había acudido a su llamado.

Inés se distrajo de la última parte de la historia cuando llegaron a la escuela y ya no escuchó que la autómata se movió con precisión mecánica en la cocina, sus movimientos carentes de emoción mientras preparaba las quesadillas para Diego. Tomó las tortillas con una pinza de metal, las llenó de queso con una exactitud robótica y las colocó en el comal. Sus sensores la hacían girar la cabeza ligeramente, detectando la presencia de Diego cerca, pero no había calidez en su mirada. El sonido del queso derritiéndose y el olor familiar llenaron la cocina, pero ella permanecía distante, una figura de metal cumpliendo su función sin comprender la necesidad de cariño o compañía. Para Diego, eran quesadillas; para la autómata, era la ejecución de una tarea programada.

Inés se concentró en pasar desapercibida, recordando cómo, cuando era pequeña, había desarrollado la capacidad de entrar en modo ninja, de ser invisible para poder espiar a sus padres cuando peleaban. Así, en modo ninja, buscó fundirse con los otros niños que llegaban a la escuela acompañados de sus madres. Desvió la mirada hacia el bullicio del patio, esforzándose por parecer una más entre la multitud, ocultando su brazo herido y su ropa sucia bajo el suéter del uniforme.

ESA MISMA NOCHE en que Inés fue al canal y Diego recibió a la autómata, Pepe se fue a sentar en los columpios del parque, casi a las cuatro de la mañana. Su bulldog ya dormía en el sillón, tratando de olvidar a la mujer de metal con quien se habían encontrado. Pepe había ido a los columpios a pensar en la nueva figura que deambulaba por sus calles y a decidir si era algo que debiera preocuparle. Estaba acostumbrado a toparse con seres nocturnos, casi siempre inofensivos. Por las noches, la ciudad era de las criaturas que se habían alejado del día. Seres marginales y marginados emergían de las sombras, buscando libertad en la oscuridad, consuelo en la ausencia de miradas y juicio. Los parques y callejones se llenaban de errantes, de quienes encontraban en la penumbra un espacio donde ser sin ser vistos; la ciudad se convertía en un vasto terreno de secretos compartidos sólo con los murciélagos y los cacomixtles. En la oscuridad había espacio para criaturas olvidadas, para los desplazados.

En el parque, los tableros de básquet mostraban algunos daños. Pocas cosas le daban tanta rabia a Pepe como el maltrato al mobiliario urbano. A veces, cuando había vendido muchas empanadas afuera de la escuela pública, usaba su dinero para hacer reparaciones en el parque: volver a pintar una banca o ponerle un parche de madera a la fibra de vidrio del tablero de la canasta.

A quienes más odiaba era a los grafiteros. No entendía la necedad de andar rayando letras en las bardas y en el piso de la cancha. Su cruzada contra ellos era constante y sin cuartel. Cuando encontraba una etiqueta, una pinta, una pieza, no descansaba hasta haberla cubierto con una mancha de pintura blanca.

En la calle en que vivía había tres autos abandonados. Uno era un viejo Topaz rojo, estacionado frente a la nevería durante los últimos veinte años. El dueño había envejecido lavando su auto los domingos, hasta que la artritis y los años le habían impedido manejar. El auto se había degradado en su lugar frente a los helados. El Topaz quedó ahí, sin que nadie importunara su composta, hasta que un grafitero decidió trazarle en el cristal una calavera medio descarnada.

El escándalo entre los vecinos fue enorme, encabezado por Pepe, quien finalmente reportó el vehículo a la alcaldía para que la grúa acabara con sus veinte años de estatismo. No había nada ofensivo en un Topaz desamparado hasta que alguien lo ocupaba como lienzo.

Unos diez años antes de la noche en que Pepe encontró a la autómata en la calle, los parques de la colonia, salpicados entre las casas rectangulares cada dos cuadras, al caer el sol eran agujeros de oscuridad, sin una sola lámpara interrumpiendo el sueño de las ratas. A Pepe le gustaba atravesarlos en silencio, usando las luces de las casas como estrellas para navegar entre las sombras.

Esas lagunas negras en el barrio habían sido también boquetes de crimen donde a más de uno habían desvalijado.

Ahora no había parches de oscuridad, todos los parques eran un alfiletero de luminarias y Pepe se preguntaba si en algo afectaría la luz continua el sueño de los roedores.

Esa noche, junto a Pepe estaba sentado Cholo, el xoloitzcuintle de la casa de la cúpula. Era un perro muy flaco y sin pelo, quizá el más consentido de la zona, aunque él era el primero en reconocer que sus dueños no eran los más creativos cuando se trataba de los nombres de mascotas. Todos los perros de la colonia sabían que Cholo cenaba caldo de pollo, que lo arropaban para dormir y que cuando todos en su casa roncaban, él se levantaba, se colaba entre los barrotes de la reja y cruzaba la calle hacia el parque, donde a veces se encontraba con Pepe en los columpios.

Cholo estaba muy bien cuidado, era fuerte y se le notaban los músculos porque no tenía pelo. Para todos en el barrio era uno más de los que paseaban sueltos en el parque, pero Pepe sabía que el xolo era un perro normal de día y un psicopompo al caer el sol: era Cholo quien se llevaba a los vecinos que expiraban de muerte natural.

Pepe lo había descubierto rondando por las casas de retiro que habían proliferado en la colonia y sabía que los inviernos eran tiempos de cosecha para el xolo. En las primaveras descansaba. Casi nadie se muere en primavera, pensaba Pepe. El perro le contaba a quién se iba a llevar, quién se había ido y así Pepe podía estar cerca de la casa donde iba a irse alguien y ayudar con lo que se ofreciera, podía vender café con pan y pañuelos en la puerta y coordinar que nadie robara de los cajones del difunto.

Las pláticas de Cholo con Pepe eran inocentes y profundas, el tipo de charla compleja que tendría un ser muy sabio con uno muy simple, siendo Cholo el sabio y Pepe el simple.

Hablaban de la vez que se escucharon gritos en la calle y era un joven golpeando a su novia dentro de un carro; ella le decía: no me pegues, a mí nunca nadie me ha pegado; él no decía nada, sólo se escuchaba la voz de ella y luego la de la señora de Cubilete 189 que abrió la ventana y gritó: ¡Corre, corre mientras llega la patrulla! La chica no corrió, no quiso o no pudo, y Pepe fue quien recibió a la policía; tenía buena relación con los oficiales del sector porque le pagaban para que les hiciera la comida.

Hablaban de la vez que tembló muy fuerte y Cholo tuvo que ir hasta la colonia de junto para ayudarle a otro xolo a llevarse a los caídos del multifamiliar derrumbado. Pepe insistió en que un temblor no era muerte natural y el perro le explicó que era la tierra quien se movía y que no había nada más natural que eso. Le contó también que, cuando temblaba, se sacudían las entrañas de la tierra donde todavía quedaban enterrados muchos dioses. Con los temblores despertaban.

Cholo tenía la voz profunda y hablaba lento, se sentaba muy erguido o se recostaba con las patas cruzadas frente a él. Contaba también que él no se llevaba a las mujeres que no alcanzaban a correr, como le gritaron aquella vez a la muchacha, a ellas se las llevaba alguien más a quien no nombraron.

El xolo le dijo a Pepe que tenía suerte de haber matado a un árbol y no a un perro porque de haber maltratado a un perro tendría que irse solo. ¿Y qué pasa con los que mataron un árbol?

—Por eso no duermes —dijo Cholo.

—¿Y cómo le hago para volver a dormir?

—Hay que pagar un tributo. Déjame pensarlo. Yo te aviso.

Mientras el perro hablaba con Pepe, se adivinaban a la distancia las siluetas de los podridos. Cholo los percibió, Pepe sólo miró hacia adelante, hacia la desmemoria. Pepe no sabía de los podridos hasta esa noche en que Cholo le contó de su existencia.

Los podridos eran cascarones de personas, vacíos, descompuestos e idiotas. Caminaban por la ciudad e iban perdiendo partes en el sendero, vagaban por las calles, andaban por la noche y por el día regresaban a su vida cotidiana de taxista o carnicero, de contador o de maestro, sin que nadie viera en ellos algo extraño.

A Pepe, los podridos le daban mucho miedo y le pidió a Cholo que se callara, pero el perro le aseguró que mientras no llamaran su atención eran inofensivos; parte de las criaturas nocturnas que vagaban por la ciudad, ciegos y sordos, su única actividad era andar y gastarse los zapatos, luego gastarse los talones y dejar retazos de sí mismos enredados en las coladeras.

Caminaban toda la noche, vagando, los arrollaban los tráilers y chocaban contra las puertas cerradas, se desgarraban la carne de las manos en los vidrios y en las varillas expuestas de las bardas, no se los comían ni los perros ni las ratas porque nadie iba a alimentarse de semejante inmundicia.

Dejaban las huellas de sus manos sobre la superficie encerada de los autos, sobre el cemento fresco en las banquetas, sus muñones se arrastraban sobre las líneas blancas recién pintadas en las calles, emborronándolas. Se desmembraban porque se pudrían, pero se regeneraban cada mañana.

Cholo siguió hablando de los podridos como si pensara en voz alta.

Cuando un gato veía a uno de los podridos, de los que caminan, alertaba a los otros y en grupo los atacaban, les maullaban, les rasguñaban la vestimenta dérmica y los que caminan no podían hacer nada para defenderse: seguían su andar descerebrado. Los gritos de los gatos despertaban a los niños y los adultos los calmaban: están en celo, se están peleando.

—Por eso los gatos se limpian todo el día —explicó Cholo—, para sacarse de los pelos la inmundicia de su encomienda nocturna.

A veces las cucarachas los utilizaban como transporte, se les subían por centenas a las piernas y así cruzaban el Periférico, infestados. Nadie los veía y ellos no miraban.

—En esta ciudad cada quien construye su propia certeza, su propio espacio, y a los podridos todos los ignoran. Así dejan de ser observables.

Nadie quería ver a estos hombres asesinos de mujeres, la sociedad entera había decidido desterrarlos de su mirada, no se planteaba siquiera la posibilidad de su existencia en las pequeñas ficciones personales. Y como nadie los integraba en sus ficciones, como no habitaban ningún mapa y siempre estaban allá, lejos, como durante el día volvían a sus labores:

—Nadie los ve y en ningún aquí existen —dijo Pepe.

—Por eso pueden salirse con la suya —dijo Cholo mientras Pepe se columpiaba, petrificado—, por eso vagan por la noche, por eso regresan a su vida cotidiana donde ni ellos mismos saben que por dentro están muertos, que la piel es sólo un tegumento sobre la porquería. Que por la noche son los que caminan.

Explicó el perro que los podridos creían que no pagaban porque con el sol no eran visibles los muñones gangrenados. Habitaban todos los espacios, pero la gente que los conocía, que podría señalarlos, insistía en su inexistencia. Los borrachos los vislumbraban en Revolución y daban un volantazo antes de estrellarse; los niños los adivinaban chocar contra los portones de sus casas; los perros les ladraban en la oscuridad antes de que sus dueños los regañaran por ladrarle a nada y despertar a todos. Los aviones aterrizaban sobre ellos.

—No los vemos y son tantos.

INÉS REGRESÓ AL CANAL, el eco de sus pasos se desvanecía en la noche mientras descendía por la pendiente hacia las aguas oscuras. La segunda visita llevaba consigo una preparación meticulosa: una linterna para desafiar la oscuridad, una lata de aerosol como arma improvisada y una bolsa de mandado repleta de piedras marcadas con las letras INZ, trazando un sendero a su alrededor. No rompía las reglas, las reinventaba. O eso se decía a sí misma.

Habiendo descendido hasta el agua, la lengua de la máquina la saludó entre la maleza, lista para rebanarle la carne con su filo, pero Inés había pensado en todo y llevaba puesta una chamarra de cuero grueso que había encontrado en uno de los clósets. *Osadía. Desafío. Audacia*, escribió la máquina con sus rotores.

Con la luz de su linterna Inés devolvió el saludo de la lengua y pudo analizar la nueva máquina y sus configuraciones: era parecida a la primera en sus torpes soldaduras, en los rotores con las letras del abecedario, en la aparente arbitrariedad de sus respuestas: *Alerta. Aviso. Avistamiento*. Anduvo husmeando y evitando la lengua de metal que la atacaba a intervalos, y fue perdiendo la noción del tiempo, como temía que le ocurriera.

A su alrededor dejaron de dar vuelta los corredores, las luces en las ventanas de los edificios se fueron apagando, mientras ella seguía en conversación con los rotores de la máquina, con sus placas mal soldadas, con sus engranes. *Transitar. Trasladarse. Desplazarse.*

El aullido de un perro la trajo de regreso al reloj, al tiempo que llevaba fuera de la casa. Era un aullido insistente, un aullido de alerta, y cuando levantó la cabeza vio que un perro estaba en la cima de la pendiente, aullando hacia ella, caminando de un lado a otro, ladrando como si le gritara.

Inés pensó que el perro iba a meterla en problemas por estar sola, a esa hora, con las rodillas en el agua sucia del canal. Trató de distraer al perro, de llamarlo para que bajara, de pedirle que se callara, incluso lanzó una de sus piedras en su dirección, a ver si se asustaba. El perro siguió su aullido terrorífico.

Inés vio entonces que era el perro de la casa de la cúpula, el que no tenía pelos en el cuerpo, el que parecía un puño de músculos y tendones.

—Cállate, Cholo, ya me salgo —le dijo, un poco más tranquila al reconocer en el aullido a alguien de su cuadra.

Comenzó a recoger sus cosas y a subir por la pendiente, pero el perro bajó entonces a empujarla, a jalarla por la manga, a impedir que subiera hacia la pista de arcilla.

—¿Qué traes, perro loco? —le dijo Inés.

El xolo era tan fuerte como parecía, y a fuerza de jalones la llevó hacia el agua, detrás de la máquina, donde la empujó hasta dejarla acostada en el lodo y luego se sentó encima de ella. *Silencio. Sigilo. Cuidado.* Inés estaba más molesta que asustada: su ropa iba a apestar durante días y se había salido con los zapatos negros de la escuela, ¿cómo iba a ir así a clases? No podía faltar, las faltas eran la más clara llamada de atención, tendría que irse con los zapatos mojados, esperando no dejar huellas de lodo en el cemento regado de la cancha.

Entonces los escuchó. Un sonido de pasos que se arrastraban, el asfalto de las calles tañendo como si lo recorrieran un millón de arañas.

Cholo seguía sobre ella, las orejas alerta, la cola parada, las patas en un ligero temblor que indicaba la fuerza de sus músculos preparados para el salto. El ruido se acercaba, ahora acompañado por gruñidos, por jadeos, por gorgoteos que Inés no alcanzaba a explicarse.

Encogió los pies y quiso meterse toda bajo el pequeño cuerpo de Cholo; entendió entonces que el perro la protegía de aquello que sonaba, de aquella ola que se acercaba con sabor a podredumbre, a coladera.

Los vio.

Unos pies descalzos, con dedos faltantes, bajaron por la pendiente hacia el agua. Cholo emitió un gruñido bajo, como si quisiera formar una burbuja de protección alrededor de Inés y de sí mismo. Otros pies siguieron hacia el agua, decenas de cuerpos putrefactos pasaban por el canal, chapoteando y hundiéndose, parecían insectos siguiendo un rastro conocido sólo por ellos. Algunos quedaban bajo el agua, otros se atoraban en las ramas, perdiendo cabello, trozos de ropa o carne descompuesta. Inés temió entonces que la máquina delatara su presencia, que su lengua metálica llamara la atención de la horda de podridos que los rodeaba.

No supo cuánto duró aquella migración pestilente, sólo sintió su sudor mezclarse con el lodo. Pegó su nariz a la piel de Cholo para olerlo, para sacar la pestilencia: el perro olía a fuerza, a lugar seguro. Empezó a bajar la marea de podridos, pareció que pasaban sin advertirla —Inés había cerrado los ojos para no mirarlos—. Entonces la máquina sacó la lengua hacia el agua y alcanzó a cortar la carne de uno de los que iban más retrasados.

Al tocar la carne podrida, la máquina cobró vida: escupió humo en la cara de Inés, sus rotores giraron enfebrecidos, haciendo vibrar el lodo con sus temblores. *Macabro. Voraz. Decrépito.* Las cabezas moribundas se giraron hacia ella, intentando entender qué había pasado, quién los había reconocido, en qué narrativa urbana se habían insertado.

Sus ojos se encontraron con los de uno de los podridos. En ese instante de conexión, una corriente eléctrica de terror recorrió su espina dorsal, sintió que iba a echar nubes de vapor por las orejas, como la máquina. El podrido se alimentó de su mirada, hambriento por el reconocimiento de su existencia. Alguien le concedía la atención que tanto ansiaba. Los mosquitos, en su nube, parecieron contener la respiración.

El que había sido picado por la lengua de la máquina se acercó hacia Inés, el rostro sorprendido de que alguien, al fin, lo mirara, de que se le reconociera como un ser, de que se exhibiera su podredumbre.

Los podridos anhelaban desesperadamente el reconocimiento de su existencia en un mundo que los ignoraba, pero su condena residía en que no podían permitir que nadie conociera su naturaleza, que ubicara en ellos rasgos del panadero, del doctor, del vendedor de jugos de la esquina. Una vez que alguien posaba sus ojos sobre ellos, debían eliminar cualquier rastro de esa revelación, aniquilando al testigo para mantener su secreto oculto en las sombras donde moraban.

Los podridos no existían, nadie debía verlos, nadie atestiguar lo que sus acciones habían hecho con su cuerpo.

El podrido saltó hacia Inés y se encontró con toda la fuerza en explosión de la musculatura del xolo. Inés se puso en pie y, como pudo, se arrastró pendiente arriba, hacia la pista de arcilla. Quería ayudar a Cholo, quería defenderlo, pero al mirar hacia abajo vio que no era necesario: el perro estaba destrozando el cuerpo del podrido y la máquina estiraba su lengua hacia el cadáver, relamiéndose.

MIRANDA GUARDABA ROLLOS del pelo de su madre en una caja: pelo que fue encontrando en el jardín de la abuela cuando era niña, pelo que sacó de viejos cepillos, de la coladera del baño, de los suéteres que habían quedado al fondo de los cajones. En el mismo lugar guardaba pelo suyo, de Simeona, de su abuela; hebras enredadas en pequeñas espirales negras, círculos que parecían agujeros, monedas oscuras acomodadas en filas.

Nunca le faltó pelo para alimentar su colección —lo que sobra es cabello tirado por el piso en una casa donde habitan mujeres—. La caja poco a poco le fue quedando pequeña y hubo que cambiarla: construyó una de madera, a medio camino entre un velís y un arcón, y le pintó la tapa de un azul que siempre estaba renovando.

Simeona le había hablado de Geneviève Asse, pintora francesa que había acuñado su propio tono de azul, *le bleu Asse*, y durante años Miranda se obsesionó con la idea de crear un color con tal especificidad que llevara su nombre. ¿Qué color podría crear? Negro pelo. Café tierra. Rojo Miranda.

Hacía mucho que no pensaba en ese arcón azul más allá de para sumar espirales a la colección: recogía hebras que dejaban sus alumnas en la universidad, en los baños, en los salones; enredadas en los respaldos de las sillas; en los tirantes de las mochilas; se los quitaba de los aretes, de la ropa, de los escritorios y casi sin pensar hacía sus espirales y las guardaba. No tenía muy claro el propósito de aquella acumulación capilar, aunque eventualmente todos esos cabellos irían a parar a alguna de sus obras, como todo lo que atesoraba; había aprendido de Simeona a no apresurarse, a no buscar siempre una utilidad inmediata para sus impulsos creativos: ya llegará la pieza que los necesite con urgencia.

La fotografía del monolito descubierto en el centro de la ciudad, la enorme escultura de la diosa, le había hecho pensar en esos rollos de pelo acumulados. La diosa llevaba sobre la cabeza una peluca hecha de espirales, las marcas sobre su frente sugerían un cuero cabelludo sobrepuesto, una piel falsa. Miranda recordó la obra de Sheila Hicks, artista que trabajaba con cabello. Sheila Hicks revelaba la capacidad del arte para transformar lo cotidiano en algo extraordinario. En las creaciones de Hicks, Miranda se sumergía en un mundo de texturas, colores y formas que desafiaban las convenciones establecidas del arte textil. Eran un recordatorio de la importancia de la experimentación y la innovación en el proceso creativo. La habilidad de Hicks para fusionar materiales inusuales, como el cabello, con técnicas tradicionales de tejido, empujaba a Miranda a explorar nuevas posibilidades en su propia práctica artística. Una nueva idea se iba formando en su cabeza.

El arcón estaba en el estudio, el azul de la tapa deslavado. Admiró su colección de espirales de pelo, sorprendida de que los rollos fueran tantos y se preguntó, como cada que los encontraba: ¿Para qué guardaba esas hebras caracoles? Eran años de manipularlos con sus manos, de juntar suficientes para formar una nueva espiral, de almacenarlos una vez que hubieran alcanzado el grosor perfecto.

Sacó del arcón las espirales de pelo y las acomodó sobre una mesa de trabajo, no quería tirarlas pero no sabía qué hacer con ellas. Pensó que los rollos de pelo tenían la misma forma que el agujero del jardín y recordó entonces un hoyo que había visto junto a una de las máquinas.

Más temprano había ido a visitar sus máquinas, a dar la ronda requerida para asegurarse de que nadie las hubiera robado. Montada en la Lobo había tomado lista, empezando por los aparatos que quedaban más lejos y acercándose así de vuelta a casa. En algunos armatostes había encontrado cabellos atorados entre los rotores, sobre los remaches, entre las placas; sin pensarlo mucho los había tomado y había empezado a formar otra de sus espirales, imaginando la cantidad de pelo que flotaba por las calles, que colgaba de los postes, de las ramas de los árboles, que se deslizaba por las alcantarillas en las tardes de tormenta.

La exposición en el museo universitario sería pronto y llegaría el momento de repatriar todos sus aparatos.

La última máquina que había visitado era la que estaba en el canal de los patos. Había bajado hasta ella en el agua y a su lado vio un círculo en la tierra, un agujero que parecía recién excavado, un hoyo semejante al que había en su jardín. Quizá lo había cavado un animal, pero parecía estar abierto desde dentro, como si algo lo hubiera utilizado para emerger: no era una entrada hacia la tierra, era una salida.

El descubrimiento del agujero hizo eco en el centro creativo de Miranda, trastornando sus conceptos arraigados sobre el arte y la identidad. Aquello que una vez había sido simplemente materia prima para sus obras, como el pelo recolectado con meticulosidad, ahora se volvía una metáfora de las conexiones ocultas entre lo humano y lo sobrenatural.

El nuevo agujero en la tierra desafiaba sus convicciones sobre la realidad tangible y abría una ventana a un universo más vasto y desconocido. El sueño y la aparición de la diosa le estaban reconfigurando el amueblado del cerebro. Algo inexplicable estaba ocurriendo en su entorno, algo en lo que no creía, siempre pragmática y terrenal. Algo que le estaba costando trabajo negar. No podía dejar a un lado la voz de la autómata narrando a una mujer de piedra enterrada bajo la ciudad.

Se sentía perdida, y cuando llegaba ese desasosiego su respuesta natural era mirar hacia atrás, hacia las artistas que la habían precedido, hacia las respuestas que ellas habían buscado dar a los mismos cuestionamientos. Simeona se había encargado de que Miranda conociera bien a sus antecesoras en el arte, le había regalado un panteón poblado al que podía entrar cuando necesitara respuestas. No imaginaba lo que sería crear sin saber quiénes habían caminado antes el mismo sendero que ella ahora transitaba. La orfandad, suponía.

Miranda llevaba consigo el peso de la ausencia materna desde el primer aliento que dio al mundo. Su madre había sucumbido en el parto, dejándola huérfana de su presencia física. Simeona había asumido el papel de madre con una dedicación feroz. Cada minuto de su vida, cada gesto, estaba impregnado de la intención de criar a Miranda con amor y cuidado, como si fuera su propia hija y sucesora. Simeona se aseguró de que Miranda no fuera huérfana en el arte, transmitiéndole el legado de todas sus ancestras. Conocía a cada una de ellas por nombre y por obra, permitiendo a Miranda dialogar con ellas en momentos de necesidad, como si estuvieran presentes. Sus madres en el arte.

En su búsqueda por entender y representar lo sobrenatural, Miranda recurrió, en su mente, a su panteón artístico privado. Buscó ahí dentro a Yayoi Kusama, cuyos infinitos patrones yuxtapuestos creaban una sensación de inmersión en lo desconocido. Esta progenitora le mostró que el arte podía ser un vehículo poderoso para explorar lo inexplicable y lo trascendental, y que la creatividad no conocía límites cuando se trataba de expresar la complejidad del universo y la mente humana.

—Siente a la diosa.

Miranda antes había pensado en el arte como una manifestación de lo real, una manera de capturar la esencia tangible del mundo que la rodeaba. Pero los eventos recientes la llevaron a cuestionar esa concepción. Ahora, se encontraba en un territorio desconocido, donde las fronteras entre lo físico y lo metafísico se desdibujaban.

El descubrimiento de los agujeros y los grafitis que aparecían junto a sus máquinas la habían sumergido en un universo paralelo, donde la realidad se entrelazaba con lo inexplicable.

En este nuevo panorama, Miranda se sentía atraída por la ambigüedad, por los misterios que yacían más allá de la comprensión humana. Su arte ya no buscaba reflejar su cuerpo y sus humores, la finitud de la corporalidad femenina, sino explorar las profundidades de lo desconocido, dar voz a lo indescifrable.

Este cambio de perspectiva le sugirió experimentar con formas y medios más abstractos, buscando expresar la complejidad de este nuevo territorio que estaba explorando, donde la realidad y la otredad se entrelazaban en una danza enigmática y cautivadora.

Cuando tenía veinte años comenzó a estudiar escultura y su obra consistía en piezas excavadas en la tierra. Pensando en Ana Mendieta trazaba su silueta femenina en el piso, pero las siluetas de Miranda no eran figuras totalmente humanas: aunque el contorno general era femenino, tenían dos pares de manos, dos pares de pies, como si la silueta vistiera la piel de alguien más.

Claro que entendía que era obra derivativa, que como toda artista latina estaba tratando de encarnar la ausencia temprana de Mendieta, de reponerle al mundo lo perdido la tarde en que Ana había volado desde el piso treinta y dos de un edificio para caer en el toldo de un restaurante neoyorkino, dejando frustrada una de las promesas del arte latinoamericano.

Por supuesto que admiraba a Mendieta, quería imitar su interés por el vudú, por las diosas femeninas, por los flujos corporales, pero lo que a Miranda más le interesaba era la piel como protección, como frontera entre su cuerpo y la tierra, entre su obra y el suelo.

La piel.

Esa piel morena que en su país tenía valor dual: mayoría y exclusión; predominio y rechazo.

Simeona le había dicho: todas quieren, todas quisimos, todas querrán ser Mendieta, pero nadie, ni Ana, puede ser Ana Mendieta y de eso se encargó su marido, también escultor, Carl André, el genio del minimalismo, al tirarla, al lanzarla, al verla caer por la ventana.

El cuerpo de Mendieta en el arte fue siempre un cuerpo joven, el vacío y el golpe le robaron el derecho a envejecer y a explorar el tránsito de un cuerpo femenino de la juventud a la vejez, el cuerpo como forma, como medio, como arte. Miranda no quería ser ella, aunque sí encontraba en la cubana una precursora, quizá incluso una progenitora más presente que la que la había dado a luz y luego se había ido.

La piel y la tierra.

La piel y el afuera.

La piel propia y la piel de otros.

La diosa que viste una piel que no es la suya.

En sus épocas más experimentales había buscado la manera de crear obra con piel humana, quizá por arrogancia adolescente, quizá por sentirse transgresora. Nunca consiguió más que piel de cerdo, piel de vaca. Quizá ahora los tiempos habían cambiado, ya no era una joven dependiente de su tía para obtener materiales, tendría que ser posible conseguir. Habiendo tantos muertos.

Habiendo tanta falta.

Por eso la autómata era un proyecto fallido: no tenía materia orgánica, no tenía piel que la cubriera: sólo marcas verticales en la frente donde Miranda había movido con torpeza su martillo, pliegues irregulares a la altura de las muñecas, de los tobillos, amarres en la parte posterior de la cabeza y también en la espalda, una soldadura en el pecho, el cráneo perforado por la percusión de su herramienta, tejido dérmico de metal cubriendo más metal.

O al menos eso quería creer, para ignorar los pasos que escuchaba por las noches, para hacer como que la autómata no se había acostado junto a ella, esa misma madrugada, a susurrar, con la boca pegada a su nuca. La voz resonaba en la mente de Miranda con una claridad inquietante, como si emanara de algún rincón oculto de su propia conciencia.

Era un llamado que parecía atravesar las barreras del ladrillo y el concreto, una invocación de una entidad misteriosa que trascendía lo terrenal.

Con cada palabra, sentía cómo su ser se estremecía, cómo sus sentidos se agudizaban ante la presencia invisible pero palpable de esa fuerza desconocida.

Miranda cerraba los ojos y dejaba que las palabras la inundaran, permitiendo que su mente se fundiera con la esencia de esa entidad femenina que la llamaba. Podía percibir la urgencia en cada sílaba, la necesidad de ser reconocida.

Acomodados sobre la mesa todos los círculos de pelo, Miranda volvió a la foto del periódico, a la peluca sobre la cabeza de la diosa, y con una lata de pintura en espray, fue tiñendo cada uno de los círculos hasta que reprodujeran las espirales en la cabeza de la diosa.

—¿Por qué has despertado?

INÉS LE DIO DOS mordidas al tamal y se lo pasó a su madre.

—No tengo hambre, no me gusta, es mi turno de sentarme en la carriola.

Frente a ellos pasó el Metrobús. Diego estaba cansado de ir en la carriola y entre los niños organizaron el cambio. Está bien, pensó Agustina, con tal de que sigamos avanzando, no hemos progresado mucho.

Inés se sentó en la carriola y Diego estiró las piernas. Cruzaron la calle hacia Vito Alessio, y cuando habían dado apenas dos pasos sobre el camellón, Diego dijo que era su turno de sentarse, que estaba cansado.

Inés no hizo caso, iba pensando en la monserga que era tener un hermano pequeño, iba pensando en su madre, tratando de decidir si ya era momento para un buen berrinche.

Durante sus siete años lo había probado casi todo. Había tratado de gritar. Aullar. Lo que mamá más odiaba era que se tirara al piso como un saco de papas. Eso decía Agustina, aunque Inés nunca había visto un saco de papas derramarse por el piso y se imaginaba que las papas rodaban o caían en una pila. Pensaría en eso la siguiente vez que hiciera un berrinche. Trataría de caer en una pila. De canalizar su papa interior. Dejaría que rodara una de sus manos como una papa fugitiva.

Solía hacer berrinches. Ya no tanto.

A Inés le entraban rabias, eso decía su papá. La verdad es que ella sólo quería que alguien la mirara. En especial en público.

Si Inés quería la atención de papá, todo lo que necesitaba era asegurarse de que otras personas la vieran portándose fatal. Lo había hecho en la escuela, en el parque, en las reuniones familiares. Inés miraba a su alrededor, contaba a la gente que había cerca, si eran más de cinco estaba lista. Papá le pedía que hiciera algo: ella se negaba. Él insistía. Algo pequeñito. Levanta la servilleta del piso. Amárrate las agujetas. Dame la mano. No. Una sola palabra y comenzaban. No. Y ahí iban.

—Haz lo que digo.

—No lo voy a hacer —decía ella levantando la voz porque alguien ya los miraba.

—Te dije que lo hagas o te quedas sin ver televisión.

—No me importa.

Papá se ponía amarillo. Más gente los miraba ya. Papá la jalaba por la muñeca y ella sacaba el armamento pesado: pateaba a su padre en la espinilla. Eso siempre funcionaba. Ahora todos los miraban. Ahí vamos. Él fijaba en ella sus enormes ojos de ámbar y soltaba una amenaza tan llena de veneno que le ardía. A Inés le gustaba porque sólo la miraba a ella.

Y caían en el vórtex. Todos los sonidos disueltos. Sólo ellos dos. Inés y su padre unidos en la vergüenza. Lo veía sudar, lo veía apretar los puños y bajar la voz en un susurro. Ahora no iba a romper ni a puñetear cosas porque la gente los miraba. No iba a gritar. No la iba a sacudir. Estaba atrapado. Eran sólo ellos dos en el fondo de ese vórtex. Siempre funcionaba. Papá la acercaba hasta quedar nariz con nariz.

—Nunca en público —le decía en la más íntima de las voces—. Nunca en público.

Le gustaba estar tan cerca, podía contarle los pelos de la nariz. Sonreía. Y era demasiado.

—No te rías.

—No me estoy riendo.

Estaba feliz. Todos los miraban. No hay nadie, papá, sólo nosotros. Y él parecía entender, por un segundo. Ella quería extender el momento, pero su papá ya se alejaba. El sonido regresaba. El vórtex desaparecía. Pero Inés sabía que tenía la llave, sabía invocar el vórtex, era tan fácil. Se sentía poderosa. Tenía la mirada de papá en las manos, podía usar el poder para sus propios fines, hacerlo mirarla a los ojos, tan cerca que olía su sudor. Era suyo.

Su padre tenía un ciclo. Cuando trabajaba, cuando no lo veían en la casa sino en la pantalla del teléfono porque estaba trabajando todo el día: era feliz. Los llamaba tres veces al día y quería saber qué estaban haciendo, qué habían comido, si estaban viendo una película. Los llevaba en paseos por su trabajo con el teléfono en la mano extendida y Diego e Inés podían ver todo, a los compañeros que decían: qué tiernos, qué buen papá.

Luego Braulio pasaba largos periodos sin trabajo y penduleaba hacia el otro lado. *¿Penduleaba?* Bueno, como el péndulo de la librería a la que iba con papá: como piñata. Penduleaba. Se quedaba en casa, se frustraba, le pegaba al refrigerador y luego se inventaba que estaba así, abollado, desde la mudanza. Se quejaba de que todo era muy caro, rompía sillas y perdía la paciencia: los niños no se meten a bañar; los niños rompieron un plato; los niños hicieron un desmadre. Mamá se lo llevaba a otro cuarto. Susurraban su susurro de perros enojados. Los ojos de él se hacían enormes y le ocupaban la mitad de la cara. Se le hundían las mejillas. La barba se le alaciaba. Papá salía de casa y regresaba dos horas después, más calmado, siendo él pero sin ser él.

Cuando vivían en la casa azul, la primera donde vivió Inés, la diminuta, papá a veces la llevaba a la escuela en bicicleta. Tenía un asiento naranja instalado en su bici y le compró un casco que tenía un unicornio y un arcoíris. A Inés no le gustaban ni los unicornios ni los arcoíris, pero no le había quedado el casco negro con llamas rojas que quería. De todos modos le gustaba el casco porque su papá se lo había regalado. Braulio sentaba a Inés en el asiento naranja, le ponía el cinturón tan apretado que casi le cortaba la respiración. Tal vez era la alegría. Y se iban. Solos. A las calles. Ella se reía todo el camino. Los cachetes helados. El corazón a tope. Los ojos fijos en la espalda de papá, en su cabezota cubierta por un casco negro, en sus hombros tan anchos que Inés no podía ver nada hacia adelante. Él era toda la vista que necesitaba. El paseo terminaba muy pronto. Ya estaban frente a la escuela. Él un poco sudado, quitándole el cinturón y dándole un abrazo. Los cascos chocaban.

Ya no hacían eso. La escuela estaba lejos. Había que ir en carro e iban en silencio o peleaban por quién ponía la música: tú, yo, tú, yo. No era tan divertido. Le ha pedido que la lleve a pasear en bicicleta. El cinturón de la silla naranja ya está roto. Una vez papá trató de atarla a la silla con una bufanda. A Inés le pareció la solución perfecta. Mamá los cachó cuando volvían y prohibió más paseos en bicicleta hasta que hubiera un cinturón adecuado. No más viajes. Papá no era de los papás que arreglaban cosas. Lo único bueno es que papá nunca había llevado a Diego de paseo.

Dos veces por semana papá llevaba a Inés a la escuela porque mamá iba a la universidad. También peleaban por eso.

Papá mandaba a Inés a la escuela viéndose como un caverní-cola. Eso decía mamá. Te ves tan… ¡contenta!, decía mamá mirándola de pies a cabeza cuando iba a recogerla e Inés sa-bía que papá había vuelto a equivocarse. Pants, botas de llu-via y camiseta de piyama. Su pelo: un desastre con un moño colgándole sobre la ceja izquierda. Inés lo sabía al ver a su mamá. No antes. No cuando salían de casa. Era hasta la hora de la salida, cuando mamá la miraba desde la puerta del salón, que Inés sabía si ese día había sido una cavernícola o una niña. No tenía nada de malo ser cavernícola. Eran fuertes. Eran ru-dos. La gente se quitaba de su camino. Pero claro que le gus-taban las trenzas y las colitas. Todo eso. Veía a otras niñas que iban a la escuela con moños y gel de brillantina. Quería eso.

Sin embargo, no lo quería tanto como para que le grita-ran en las mañanas. Por eso había aprendido, ella sola, a pei-narse, a vestirse como niña y no como cavernícola.

Entraron a Viveros e Inés dejó de pensar en su papá, con tanto espacio para correr por todos lados. Agustina les per-mitió alejarse. Un poquito, hasta donde su angustia conside-raba prudente.

Agustina conocía bien ese bosque. Llevaba años corrien-do ahí, en mitad de una ciudad que la alienaba; corrió por ese bosque cada mañana mirando hacia arriba, hacia las hojas, pi-diéndole a los árboles una hija como Inés. Por eso la niña era fuerte y terrosa, un espíritu salvaje obligado a vivir en la peor de las ciudades: Inés crujía como las hojas, tenía los ojos co-lor estanque y el pelo de corteza, su sudor olía a charco; por eso odiaba vivir encerrada, sus colores favoritos eran el rojo, el verde, el amarillo, el color de la cabeza de los pájaros y de las flores de caléndula, en su piel se sentía la prisa de las ardillas.

A Agustina, Inés le parecía antigua como todos los bos-ques, pensaba que de ahí su rebeldía: ¿cómo le decía Agustina qué debía hacer si Inés era siglos más vieja? Cuando nació le vio la edad en los ojos; los primeros días vio su edad en esos ojos primitivos, y también vio el olvido borrando todos sus recuerdos de otredad en el pasado. Inés nació antigua y olvidó todo en esas primeras semanas en los brazos de Agustina, ella vio cómo el tiempo se desvanecía de su mirada, aunque a veces percibía, de reojo, un resto de vejez. Trató de decirle: no olvides, guarda esa sabiduría en tu frente, guarda ese conocimiento. Todo se deslavó.

Recordaba Agustina estarla bañando una noche, debía tener diez meses, estaba ahí sentadita en la tina, la miró hacia arriba y Agustina estuvo segura de que iba a hablarle, de que una voz adulta iba a salir de esos labios. Quiso correr. Se veía ajena y sabia y malévola. Completa. Nunca antes se había encontrado con un ser completo, su cuerpo contenía la vida y la muerte, su vida y su muerte, contenía todo su miedo y todo su amor: todas las posibilidades.

Inés le recordaba esos mitos de crías de hada forzados a vivir como humanos, nada les ajustaba bien, ni el mundo, ni su familia, mucho menos las reglas cotidianas de la clase media mexicana. Entre los árboles la sentía en todos lados, era un bosque encapsulado entre paredes que lo separaban de un río de basura y un paradero de microbuses.

Inés caminaba adelante, siempre tratando de alejarse, siempre probando el hilo de la ansiedad de Agustina. Paula, la madre de Agustina, le había enseñado que el mundo era peligroso, que había muerte en cada calle.

Era difícil pensarlo ahí, en Viveros, por eso le gustaba ir, porque Diego podía correr libre, porque ahí Agustina había corrido muchos ataques de ansiedad, ahí junto al tronco que tenía recortada la silueta de un hombre había vomitado el pánico, allá, donde su hijo trepaba en una palmera que crecía sobre el piso como boa, se había sentado a respirar, sintiendo que ese ataque, ahora sí, iba a matarla.

Ten cuidado.

Quédate cerca.

Quédate adentro.

Quédate pequeña.

Eran mandatos de su madre, siendo hija podía quedarse adentro, siendo madre era la barrera.

Los episodios de pánico, ahora sabía su nombre, le impidieron mantener dos trabajos que adoraba, los primeros trabajos que tuvo, los que debería seguir haciendo. Se mareaba sentada al escritorio. Entraba en la cápsula, estaba segura de que iba a derrumbarse sobre el teclado. Tenía que correr. Una luz la perseguía para sacarla de su cuerpo, una comezón dentro de la cabeza, un miedo puro y blanco y simple. El pánico gritaba: ¡Corre! A veces corría. O creía que corría. Bajaba escaleras-mecedora, salía por puertas vacilantes y estaba en la calle, caminando sin destino, caminando para matarlo, preguntándose si la gente con la que se cruzaba podía notar que iba gritando, si sabían, si podían ver el miedo que le daba apagarse y golpearse la cabeza contra el camellón de Homero. A veces no corría, se quedaba sentada, haciendo como que trabajaba, los dedos sudando sobre las teclas. Tenía migraña. Comía para tranquilizarse. Terminó renunciando, las dos veces.

Quizá por eso lo único que sabía hacer era escribir: dentro, cerca, pequeña. No sabía lo que le pasaba, Paula le decía: te baja la presión.

Agustina siempre se ha sabido limitada, como un sacerdote tratando de domar un oráculo, imponiéndole a Inés arcaicas reglas de conducta y de peinado a un ser tan grande que no sabe dónde empieza y dónde termina, a un bosque que se expande. Por las noches pegaba su oreja a la piel de Inés para escuchar crujir la vida bajo las hojas caídas.

En Viveros se cruzaron con otras madres, madres que habían salido a caminar y que nada sabían de la migración que ellos emprendieron algunas horas antes. Madres mexicanas como todas. Qué palabras tan pesadas, pensó Agustina, madres mexicanas: buscando hijos perdidos en fosas comunes; cantando sus nombres afuera de las oficinas de gobierno; pintando cruces rosas; clavando varas en la tierra donde les han dicho que hay personas enterradas, para ver si la vara sale oliendo a muerto y vale la pena cavar.

—Niños, no se alejen tanto, vengan, vamos a sentarnos aquí a que tomen agua que todavía nos queda un buen tramo por caminar.

Inés se sentó a regañadientes junto a su madre y cuando vio que Agustina sacaba su cuaderno para hacer algunas notas, ella quiso imitarla y sacó el libro de su madre.

—¿De qué se trata ese libro? —preguntó Diego.

—De monstruos y fantasmas, como todos los libros de mamá —dijo Inés.

—No —dijo Agustina—, ese libro tiene la historia de tu abuela. Paula. Y la historia de la casa a la que vamos a mudarnos.

Inés miró al libro con interés y desconfianza. Entonces el libro era un mapa, pensó.

INÉS VIO QUE LOS ZAPATOS de la escuela quedaron destruidos. Del interior se desprendían pedazos de cartón que habían sido la plantilla; la correa del empeine se había rizado con el agua y el calor de la secadora; el cerco era una tira larga y suelta; el contrafuerte estaba aplastado; y la puntera tan raspada tras escalar la pendiente del canal, que no había capa de pintura que cubriera los arañazos.

Al correr de vuelta a casa no había tenido tiempo de pensar en nada. Tras ver al xolo con el hocico enterrado en las tripas de aquel ser espeluznante se había debatido entre salir corriendo y quedarse a observar la carnicería. Se quedó, había algo de narcótico en el método con el que Cholo destripaba aquel podrido, porque el perro no lo hizo solo.

Mientras el xolo sujetaba al podrido, la máquina estiraba su lengua de metal dando azotes a la piel de aquel ser en descomposición; parecían actuar en concierto, perro y armatoste, propiciando la inflamación del tegumento putrefacto. Los rotores de la máquina giraban, enfebrecidos, pero desde donde estaba Inés no alcanzó a ver lo que ponían. Ya se lo imaginaba: *Náusea. Repugnancia. Agresión.* Aunque a la máquina parecía gustarle lo que hacía. Quizá: *Regocijo. Deleite.*

Goce. Después de los azotes el perro no había devorado al podrido, había procedido a desollarlo: a mordidas desgarró una larga tira de la espalda y por encima de los hombros, luego hizo dos agujeros en las piernas y fue jalando así la piel, como quien jala unos ropajes de un cuerpo inerte, moviéndose con cuidado y precisión, cuidando de no desgarrar con la fuerza de sus dientes el pellejo. No rasgaba la piel, que se iba quedando como un traje descosido, parecía hacer lo posible para mantenerla intacta. La máquina estiraba su lengua y relamía los despojos.

Inés no corrió, no supo cómo consiguió quedarse ahí parada, custodiando, ahora ella la guardiana donde antes Cholo se había parado a aullarle su advertencia. Nadie se acercaba, la marea de podridos ya había migrado a otra colonia, sólo quedaba aquel residuo de vestimenta dérmica.

Cuando la piel quedó vacía y tirada junto a la máquina, Cholo e Inés regresaron juntos, sin intercambiar sonidos más allá del chapoteo del calzado ruinoso de la niña. El perro se limpiaba los cojinetes de las patas rascando en la arcilla, se revolcaba el lomo en las piedras rojizas para quitarse el olor a descomposición, los restos de tejido blando de los bigotes. Inés fue poniendo la punta de los dedos en cada una de las marcas con sus letras que halló a su regreso y recogió las piedras que había soltado a su paso: habían funcionado, la habían protegido, habían guiado al Cholo hacia la máquina, hacia ella. Se preguntaba qué habría pasado si la ola de podridos la hubiera encontrado sin ayuda. Se las habría arreglado, pensó, estaba acostumbrada.

Llegaron a la casa de la cúpula y Cholo se coló por los barrotes sin mirarla, sin un gruñido de despedida, sin un ladrido de advertencia. Sola estuvo más tranquila, sola podía dudar de lo que había pasado, culpar al miedo y a su imaginación, decirse que los perros no destripan cadáveres y que los cadáveres no caminan en un éxodo nocturno.

Inés fue hasta la entrada de Cubilete 189 y vio encendida la luz de la cocina: su casa parecía habitada, despierta, uno más de los refugios en que cada noche se guardaban los vecinos, ocultos y a salvo de los habitantes crepusculares. No era un cascarón vacío, no una ausencia, desde afuera; esa noche, la casa era eso y ya: otra casa. Tenía un aura de tortillas que se calientan en el comal, de televisiones que brillan en un cuarto donde alguien sí las mira, de duchas que riegan cuerpos presentes, de familia.

Cruzó la reja, se quitó la ropa en la cochera y la metió en una cubeta con agua para dejarla remojando, quizá el olor sería menos intenso así, por la mañana, quizá podía ahí olvidarla, hacer como si no hubiese máquinas en los canales, como si no se moviera un enjambre de podridos por las calles.

No hubo cómo rescatar los zapatos. Tendría que buscar en el clóset de Agustina, quizá los de su madre le quedaran un poco grandes, quizá fueran ya de su talla, habiendo pasado el tiempo Inés crecía y la ausencia se había quedado exactamente del mismo tamaño, sin mutaciones.

En el baño hizo un inventario de sus heridas: parecía que la habían pasado por un rallador de queso. Tendría que ir a la escuela en pantalón, manga larga y cuello alto, sumando más y más razones de sospecha. Quizá podría encontrar algo del maquillaje de Agustina en los cajones, para taparse las marcas de la cara. Iba a terminar disfrazada de ella: sus zapatos, su maquillaje, tal vez hasta sus calzones. Cerraba su ausencia apropiándose de los objetos que quedaban, de las telas que alguna vez cubrieron aquel cuerpo, de las mangas que se extendieron por unos brazos que a veces, muy de vez en cuando, soñaba.

El ropero tenía un espejo de cuerpo completo en el que Inés no quiso reflejarse. Revolvió entre la ropa y sacó algunas prendas, haciendo malabares para no encontrar el reflejo de su madre en el espejo. Tenía terror de encontrarlo ahí, encapsulado, encerrado como cuando se había mudado a la regadera. Hasta entonces el ropero había estado casi intacto, a excepción del cajón en el que se guardaban los documentos importantes: las cartillas de vacunación, las actas de nacimiento. Antes de esfumarse, Agustina usaba sólo sus piyamas. Para Inés era muy difícil estar ahí parada, envuelta en una toalla, sin mirar al espejo. Trató de cubrirlo con un abrigo, con unas bufandas, y finalmente, desesperada, fue por una lata de pintura a su mochila y comenzó a cubrir su reflejo con nubarrones de verde y de naranja, llorando como no había llorado la noche anterior, olvidándose un poco de que había ido a buscar ropa que cubriera sus rasguños, absorta en transformar su imagen duplicada en algo abstracto, en manchas por donde podían asomar dos ojos, una rodilla, una nalga.

La pintura marcó patrones irregulares sobre el espejo e Inés se tranquilizó explorándolos, con la mano esparció la pintura cubriendo la mitad de su rostro, dejando la otra expuesta.

Con la pintura fue cubriendo los rasgos que le eran ajenos, tratando de conservar la imagen que conocía, desdibujando la de Agustina que parecía asomarse en su rostro. Así siguió interviniendo la refracción de su cuerpo, cubriendo con pigmento los pechos incipientes, los codos resecos, y al cubrirse, al ocultar la ausencia de su madre, la fue trayendo de regreso, no en el espejo, no en el reflejo, sí en la memoria de lo alguna vez escrito por Agustina, de ese libro que Inés había leído sin permiso cuando se habían mudado a aquella casa, cuando habían cruzado la puerta de Cubilete 189 para no salir, cuando su madre ya se desdibujaba. De haber sabido, pensó Inés, habría interrumpido aquella migración hacia la casa. Como si pudiera. Como si tuviera agencia en algo de lo que había desplazado a su madre al otro lado.

Después de contemplar su reflejo cubierto de pintura con una mezcla de melancolía y determinación, Inés cerró los ojos y respiró profundamente. Aunque se resistía a dejar atrás las emociones que la habían embargado frente al espejo, sabía que debía adentrarse en lo que su madre había plasmado en aquel libro misterioso. La historia de su abuela Paula, desaparecida en la misma casa que ahora habitaba, resonaba en su mente como un eco persistente.

A pesar de sus dudas sobre la veracidad de lo escrito por su madre, la curiosidad la impulsaba a recordar aquel relato una vez más, como si entre las líneas de aquellas páginas y su reflejo encontrara alguna pista que pudiera conducirla de regreso.

2

NUNCA PERDONES, dijo esa mañana como todas las mañanas, junto a la ventana, esperando el amanecer. Nunca perdones. ¿A quién? Nunca perdones a la joven o a la vieja. No sabe, lo único que tiene claro es que no debe perdonar. No ha pasado tanto tiempo, mamá, es normal que te sientas sola, dijo Agustina, su hija, unos días antes. No se siente sola, es Cubilete 189 que de pronto tiene eco.

El cielo fundido con el límite de la barda, con las hojas, con las construcciones vecinas. Apenas se anuncia la solidez que llega con el ataque del sol. Ahí, desenfocada, puede ser joven, tener la carne firme, imaginar que la casa está llena de familiares que han naufragado en sus costas, que es un refugio, que sus hijos, Leonel y Agustina, siguen siendo niños y duermen en sus camas esperando a que los despierte para ir a la escuela.

En otro tiempo Cubilete 189 estuvo siempre llena; ahora es un caparazón exhausto, inquieto también por la llegada del día, la vacuidad impuesta por la luz, el silencio apenas roto por los ladridos de los perros, únicos tripulantes que no saltaron del barco. En la oscuridad todo es uniforme, seguro. Después quién sabe. Después sale el sol, sube el ruido de la ciudad, las sombras se limitan a copiar formas ajenas. La negrura comienza a cuartearse. Con la luz llega, progresiva, la realidad. El inicio de un día de falsa calma, o al menos eso piensa; veinticuatro horas en que Cubilete 189 permanecerá dormida para después abrir sus puertas a un ejército de trabajadores: carpa, mesas, pista de baile. La boda de Agustina.

Cuando el cielo es naranja los colores invaden cada objeto, un poco trastornados; las cortinas se iluminan y el pasto hace eco del brillo del cielo. No le gusta ver amanecer. Se despide de la penumbra como quien se aleja de un refugio para internarse en la lluvia. Entra al baño y se desnuda frente al espejo; no halla en su imagen a la mujer joven que imagina cuando piensa en sí misma. La memoria es una narrativa personal y en la de Paula su cuerpo es suave, ligero, su frente es lisa y su peinado es el de cuando era niña, cuando se detuvo el tiempo, cuando no creció. En esa narrativa interna todavía se quiere; Agustina tiene ocho años, los mismos que Paula cuando perdió a su padre, y ya muestra las primeras señales de la angustia que permeará su juventud inadvertida; Leonel, en cambio, tiene siempre veinte, alto, fuerte, siempre a su lado como perro labrador. Examina su cuerpo, audición personal que reprueba día tras día. Pies grandes, tobillos sombreados por las várices, muslos y cadera anchos, vientre vasto, senos amedrentados. Un ligero cosquilleo en la ingle le hace bajar la mirada y descubre una mancha verde, medio oculta entre el vello. Parece un lunar, bordes irregulares, afelpado al tacto. Raspa con los dedos aquella superficie cubierta por un polvillo gris. No hay cambio, la mancha incluso se ve más grande. Saca sus anteojos de un cajón, no recuerda haber trabajado con pintura y no tiene muy claro de dónde habrá salido esa mancha. Quizá sea un moretón, su piel es tan blanca que se marca con el más ligero golpe.

No parece un moretón, quizá un lunar, ¿una infección? Se mete en la regadera y se le nubla la mirada: ha olvidado quitarse los anteojos. Bajo el chorro de agua hirviendo talla la mancha, la frota, la rasguña. Se pone jabón, champú, crema desmaquillante. Debe ser un golpe. Qué extraño lugar para golpearse. Cuando termina el baño vuelve frente al espejo y prueba con acetona, con alcohol, ¿será un hongo?, con la lima del cortaúñas. La piel se irrita y la mancha no cede, le tiemblan las manos y se hace un pequeño corte. Sangre con fondo verde. Sujeta contra la herida un algodón empapado en alcohol. No le gustan las sorpresas. No le gusta tener que mirarse el cuerpo y menos encontrarlo invadido. Se avergüenza, ¿dónde habré pescado esto? Trata de ignorar la mancha, trata de seguir su rutina diaria, se pone crema en la cara, se da el masaje facial, se riza las pestañas con una cuchara. La mancha pulsa. Macbeth. Un año atrás, Paula estuvo a cargo del vestuario para una puesta en escena de esa obra; durante el día se burlaba de las supersticiones, durante la noche imaginaba cómo sería la mancha fantasma; bastante sabe ella de ver cosas que no están ahí para todos. Aunque aquello en su cuerpo parecía real, ¿era? Sal, maldita mancha, sal.

Termina de maquillarse un ojo y nota que el ardor en la ingle se ha ido. Retira el algodón: el lunar verde se extiende hacia la pierna, cobra solidez, se ensancha. Vuelve a ponerse los anteojos para examinarlo con cuidado: es oscuro al centro, oliváceo, y se aclara hacia los bordes; separa un poco la piel donde se hizo el corte y ve que el verdor desciende dentro de la carne.

No llores.

La mancha es cada vez más extensa, crece frente a sus ojos, desarrolla filamentos blancuzcos, como diente de león. Mueve un poco la pierna y ondean los pelitos; volátiles en la punta, firmes en la raíz: un sembradío en miniatura. Se moja el dedo con la lengua y lo pasa por la mancha, luego lo lame: el lunar tiene una superficie como de harina, terso, y es insípido.

¿Cómo puedes andar tan sucia?, la voz de su madre resuena en el baño y no sabe si sólo ella la escucha porque hace mucho tiempo que está sola y no tiene con quién corroborarlo. Antes le bastaba con levantar la mirada y ver si alguno de los perros se había movido, si Agustina había alzado también los ojos. Es la voz de su madre la de antes, la que no era viuda, la madre que tiene guardada en su narrativa personal, ésa que no sabía planchar una camisa y que nunca tuvo que tostar un pan; la que deambulaba por la casa sumida en una especie de ensueño del que sólo salía para decir: Límpiate esos zapatos; arréglate las trenzas. Luego su madre envejeció y se fue haciendo invisible como todas las mujeres que envejecen, pero tuvo la fortuna de siempre mirarse al espejo sabiendo que tenía cuarenta años, hasta el día en que murió cumpliendo casi un siglo. Paula quisiera también poder congelarse a los cuarenta. A los diez. A los que no sean ahora. Cuando aún vivía el padre, la madre de Paula no se ocupaba de nada. Nunca preguntaba si los niños habían comido, si hacían la tarea. Había gente para eso. ¿Cómo puedes andar tan sucia? No le gustaba recordar a esa madre que no fue y que nunca le enseñó a serlo y le da vergüenza no recordar ahora el nombre de la mujer que la crio esos primeros años, que se encargó de los nueve hermanos que la madre no cuidaba porque no estaban dentro del espejo al que siempre estaba mirando. No le gusta recordar a esa mujer sentada al tocador cepillándose el pelo o empolvándose la cara todo el día. La prefiere como la encontró después del funeral de su padre: corpórea, demacrada; la ensoñación había dejado paso a un aire de funcionalidad teñido de vergüenza por no haber sabido hacerse cargo de la herencia, dinero que perdió muy pronto en malas inversiones. La madre de Paula tuvo que nacer con la muerte de su marido, salir de su capullo de irrealidad el tiempo suficiente para que sus hijos crecieran, a tumbos, y pudieran encargarse de ella. Paula se esfuerza por no ver en ella el fracaso, sino a los hijos eficaces que colgaban de su pecho como medallas al valor; las hijas útiles, entrenadas para no repetir sus errores. A su padre le dio una embolia cuando Paula tenía nueve años. Vivían en Chihuahua, en una casa que se le antojaba enorme, aunque sólo tenía un piso. Su hermano Flavio y ella, los más chicos de nueve, se convirtieron pronto en un estorbo, muebles en desuso; los niños pequeños sobran en las tragedias. Ellos dos fueron relegados al jardín, con las gallinas y los conejos, mientras dentro de la casa una habitación se transformaba en hospital y los hermanos mayores desaparecían de las comidas para buscar trabajo. Flavio era un niño pequeño, flaco, con el cabello siempre parado en la coronilla y los dientes frontales demasiado salidos. Paula cree que sólo ella lo quiso, al menos era la única que se ocupaba de preguntarle: ¿Comiste? A lo que Flavio contestaba: No, y se lo llevaba a la cocina a comer burritos de frijoles. Alguien se encargaba de que hubiera sobre la mesa una pila de tortillas de harina y una olla de frijoles. ¿Quién? Flavio tenía cuatro años, ¿cinco? En esos días se rompió, se quedó pegado: fue siempre un niño pequeño. Qué suerte. De su padre, Paula tiene muchos recuerdos, pero de uno, del más importante, no está segura: escucha pasos fuera de su recámara, los pasos de su papá, abre la puerta y lo ve pasar frente a ella, los ojos hundidos, el sombrero ladeado, luego lo ve desplomarse sobre el tapete de la sala. El día que le dio la segunda embolia es un recuerdo dudoso, como todos los recuerdos. Cuando su padre empeoró, cuando ya sólo podía recordar la estrofa de una sola canción, cuando no reconocía sus propias manos y despertaba asustado por el sonido de su aliento, la madre de Paula le anunció a la niña que iría a una escuela nueva. Ella estaba contenta: uniforme, zapatos y hasta calzones nuevos. Los calzones tenían su nombre bordado y Paula no entendió cómo es que alguien esperaba que los perdiera durante las horas de clase. La escuela estaba en una antigua hacienda y le encantaron sus muros gruesos, sus paredes encaladas y los árboles cargados de membrillos. Las aulas tenían doble puerta de madera para proteger a las alumnas de los fríos invernales. Aquel primer día pasó volando entre hábitos de monjas que daban clase de costura y carreras por los largos pasillos de piso adoquinado. Luego el día se transformó en tarde y la tarde en noche: nadie fue a recogerla. Pasó dos años en el internado. Nunca supo quién hizo su equipaje para ir a dejarla ahí botada, quién bordó su nombre en la ropa nueva, quién olvidó incluir en el velís el muñequito ese que tenía chupón y la boca de una eterna *o* de sorpresa; ¿quién le había avisado a Flavio que ya no jugarían a la alberca en la pileta del jardín ni a contar cuentos a través de la manguera? No supo quién olvidó empacar su juego de trastes grabados. Ningún muñeco, ningún libro de cuentos, ninguna cajita de recuerdo; todo se quedó en su casa. Sólo se llevó el miedo. El internado es esa casa a la que regresa cuando sueña, quizá por eso de adulta ninguna le parece lo suficientemente grande: no hay refectorio, no hay huerto, no hay alacena cavernosa. Cuando ya estaba contenta en el internado, cuando ya sabía escaparse por las noches para robar miel de la alacena, a traición, una religiosa la sacó de clase, la vistió de negro y la puso en un auto que la llevó a la funeraria donde, sin saber cómo, se encontró formada junto a sus hermanos frente al ataúd de su padre. ¿Quién está en esa caja?, le preguntó un Flavio al que ya no reconocía, que era más alto que ella y que comía granos de sal que se guardaba en los bolsillos. Paula no contestó, tal vez ella tampoco lo tenía muy claro. Su madre tomó a sus tres hijos más chicos —Hortensia, Paula, Flavio—, los que aún no podían trabajar, y los llevó país abajo tras perder la casa, la herencia, Chihuahua. El traqueteo de su primer viaje en tren le supo amargo. Llegaron al DeEfe: multifamiliar sin membrillos, sin jardín, sin che silbada.

EL ESCOZOR aumenta y la mancha sigue ahí. Paula no se atreve a salir del baño, como si llevar la existencia de la mancha a otro espacio de la casa la hiciera irremediable. Dentro del baño, sin embargo, ya hizo todo lo que podía. Desliza la mirada por la pared, la regadera, la cortina, los tubos del retrete donde se acumulan las gotas que luego caen al piso, sobre una coloración oscura. Podría ponerse a limpiar. ¿Hace cuánto que no limpia la regadera? Toma la misma esponja con la que ha estado un rato tallándose la pierna y se arrodilla junto a las manchas en el piso. Son una réplica exacta del intruso que le crece en la pierna. Compara, frenética, las dos manchas: piso, ingle. No hay duda, desde el suelo la confronta el mismo verde, la misma vegetación: mancha gemela. Moho. ¿Es posible? Claro que no. Es otro brote. Esto no es real. No hay a quién preguntarle. Ya te alcanzó la rabia. Estás envenenada. De odio. Con Felipe. Con Constanza. Algo de lo que pasó tenía que afectarte, ¿no? Ya te habías tardado, Agustina dijo que estabas muy calmada, pero para Agustina todo el mundo está siempre muy calmado. ¿Cómo estará? Tengo que llamarla. Es rabia, eso es, Felipe enamorado de Constanza, tu sobrina. Alguien más fantaseando en esta casa. Y no contigo.

Siempre quiso un hombre como su padre. Al menos como lo recordaba: grande, voz gruesa, vello en el dorso de la mano. Felipe no se le parecía nada porque ningún hombre se parecía a un recuerdo idealizado, aun así, le reprochó no llenar los zapatos de un fantasma a quien a duras penas recordaba. Casi sin pensar, pega la cara al piso y lame el moho: misma sensación, aterciopelado, sin sabor.

Mierda.

Debería, al menos, llamar a la homeópata. ¿Qué va a decirle? Tengo un hongo que no sé si es un hongo, pero que se parece al moho de la regadera y sabe igual; aunque tampoco estoy segura de tenerlo porque ésta no es la primera vez que veo cosas que no están. Más se le antoja tirarse en el piso y hundirse entre los azulejos, hacerse más blanca, como un camaleón. Se acuesta, pero la mancha verde es más evidente contra el blanco de las baldosas. Si va a llorar tiene que ser ahora que está camuflada, ahora que es piso y no persona, si va a llorar es ahora que nadie puede mirarla y nadie puede decir: ¿Supiste lo que le hicieron a Paula? Su campo de visión se reduce: es un túnel, tiene la respiración coagulada en la garganta y le duele el pecho. Se va a morir, como su padre, en abonos.

No.

Agustina ya le ha hablado de esto. Es pánico. Ahora lo entiende. Es necesario trazar un plan de acción, no va a quedarse todo el día encerrada en el baño con la boda de Agustina pendiendo sobre su cabeza. Tiene veinticuatro horas para reconstruirse. Primero: saber cuanto pueda sobre el intruso invasor. Moho. Conocer el nombre es una posibilidad, es la entrada, un punto de partida. Desnuda y con sólo un ojo maquillado, sale del baño. El sol ya ha incendiado todos los rincones de la casa.

LLOVÍA CUANDO PAULA supo lo de Felipe y su sobrina.
¿Llovía? Recuerda el golpe del agua sobre las tejas de su
casa, pero no sabe, tal vez sea un toque de nostalgia que le
agrega al recuerdo; le gusta la lluvia y le gusta más la idea
de que la acompañara en un momento tan descarnado.
Entonces: llovía.

Eran más de las diez de la noche. Entró al comedor en silencio, suponía que todos estaban en la planta alta de Cubilete 189. Halló a Felipe y a Constanza sentados a la mesa, las
cabezas tan juntas como para contarse un secreto, una botella
de vino frente a ellos. No necesitó ver mucho más, bastaron
esos segundos para darse cuenta: era ella quien sobraba. Los
muebles parecían notar su presencia, avergonzados; escuchó
el crujir de la mesa y casi vio las ganas de las sillas de volcarse
hacia un lado; la superficie de las copas, sus copas, encoger-
se al contacto con aquellos labios. Cuando Felipe levantó la
vista estuvo claro para todos, la cosa se sabía. No era necesario encontrar a dos personas en la cama, bastaba con tener el
cuidado de observar cómo deslizaban el dedo sobre el borde
del vaso como si fuese el nacimiento de los pechos, cómo re-
corrían el cuello de la botella entre índice y pulgar. Y aunque

algo se rompía, no hubo gritos ni llanto, nadie se mesó los cabellos ni miró al cielo con la boca contorsionada, no se rompieron platos y nadie arrastró sus maletas hasta la puerta. Susurró un *disculpen* y subió al baño. Constanza la siguió. Intentó pensar en ella como la pequeña a quien había criado: nariz redonda y rizos tan desordenados que parecía tener un asterisco por cabeza. Sin embargo, no pudo encontrarla en la mujer que tenía enfrente: treinta y ocho años, blusa verde con escote del que asomaban los grandes pechos, pelo teñido de rojo. Sonreía. ¿Se reía? Una mujer parada frente a otra. Dos mujeres: una a media vida y la otra pensando que todavía estaba a media vida. Tuvo que admitirlo: Felipe no era un acosador y Constanza no era una niña despistada. Lástima. Le hubiera gustado escuchar: Abusó, me forzó, mira los moretones en mis muñecas. Entonces ella podría haber salido del baño para correrlo de la casa: Eres un cerdo. Pero no lo era, no tanto. Constanza había abierto las puertas y eso le decía ahí, en silencio: Te gané y tú ni sabías que peleábamos. Mierda.

Se desmaquillaron sin hablar; los ojos se desdibujaron; las bocas palidecieron; las ojeras recobraron profundidad. Ya expuestas no pudieron prolongar el silencio. Habló la joven primero, contó que Felipe la había recogido en el aeropuerto, que estaba de visita, que no iba a quedarse.

—No te preocupes.

Con el pretexto de entrar a la regadera la joven comenzó a desnudarse. La vieja: callada para elegir muy bien sus palabras y no volver a ser tomada por sorpresa. Constanza se quitó el sostén, sus senos pesados cayeron unos centímetros sobre el vientre. ¿Se estaba moviendo muy despacio? La recuerda casi en cámara lenta. Vio que habitaba hasta el último rincón de su cuerpo como sólo puede hacerse cuando se ha llevado varios hijos en el vientre, cuando se ha reconfigurado el orden de los órganos, cuando se ha expulsado a otra vida entre las piernas; ningún espacio suyo le era ajeno, ni una uña del pie, ni medio talón o el lóbulo de una oreja: todo estaba colonizado. Le gustaba su cuerpo y la envidió. Miró los pezones, grandes como monedas antiguas, y pensó en los dos niños a quienes ya había amamantado. Tenía más de un año sin verlos y le era difícil en ese momento reclamar una imagen de sus caras porque el cuerpo frente a ella le absorbía el pensamiento. En eso eran iguales, madres de dos hijos, pero ella no era una ingrata que mordía la mano de quien la alimentó, eso debía servir para algo, ¿no? No.

—¿A qué viniste?

Constanza nació casi huérfana. También. Era hija biológica de Hortensia, que se había embarazado cuando era todavía muy joven y pronto quedó claro que era incapaz de cuidarla: llevó a la niña a casa de su madre donde Paula aún vivía. Así era Hortensia: fugaz e irresponsable. Al principio la niña fue para Paula como una hermanita menor, distracción para los días sin escuela. Pasó con ellas los primeros años de su vida sin tener muy claro de quién era hija y pronto decidió que Paula era su madre.

—Me enviaron al DeEfe por trabajo —dijo mientras se bajaba el pantalón.

Quería los ojos de Paula pegados a ella, se desnudaba en su beneficio para mostrarle el terreno donde había ganado su mejor batalla.

—¿Te sientes bien? Te veo demacrada.

Se burlaba. Se atrevía a burlarse, la mocosa. ¿Con quién crees que hablas? ¿Quién te recogió del piso de tantos bares de mierda? ¿Quién denunció los golpes que te dio aquel imbécil? ¿Quién consiguió la clínica para deshacerte de tu primer engendro? Suerte para él, siempre lo he pensado; con una madre como tú, mejor no venir nunca, mejor volver a entrar en el sorteo y nacer en otro sitio, lejos de ti. Mejor quedarse aquí, conmigo. No dijo nada. Qué se le va a hacer, aún tenía un poco de orgullo, un poco de soberbia: esto les pasa a otras, no a mí.

—¿Y tus hijos? —preguntó, para hablar de nada.

—Viven con su padre.

Alcanzó a ver en sus manos rastros de cicatrices, como delgados gusanos blancos, y recordó ese día en que llegó temprano al departamento donde vivían y no encontró a Constanza. Revisó en los armarios, tras las cortinas y al fin bajo la mesa del comedor: al apartar el mantel halló a la niña con las manos cubiertas en sangre y una navaja junto a su zapato. ¿Qué estás haciendo?, la sacó a jalones. Nada, lloró, estoy jugando. Constanza se bajó el calzón y lo recogió con un movimiento del pie. Quedó a la vista su sexo completamente depilado. A Paula le sorprendió la ausencia de vello, esa necedad enferma por parecer una niña impúber le ofendió más que todo lo que había ocurrido hasta entonces. La imaginó caminando así por Cubilete 189: sus nalgas reflejadas en la madera pulida de las mesas; sus muslos descansando contra las ventanas; su humedad embarrada en todos lados.

Cuando Constanza iba a cumplir seis años volvió con Hortensia, quien, embarazada de nuevo, había decidido, ahora sí, formar una familia; se fue entre llanto y pataletas, gritando agarrada de los barrotes de la entrada: ¿Por qué la dejas que me lleve?, gritó desde la puerta. Pero el proyecto de familia duró poco y Constanza desarrolló la rabia de quien es huérfano en todos lados; pasó una borrascosa época junto a Hortensia y sus otros hijos a quienes nunca llamó hermanos, hasta que se cayó por un tragaluz y su madre tuvo demasiado:

con dos brazos enyesados, siete maletas y una sonrisa mal disimulada, volvió con Paula, su madre, su tía, su hermana. De cualquier modo, es más hija tuya que mía, dijo Hortensia y se fue. Pero Paula se había casado y ya tenía dos hijos pequeños, Agustina y Leonel. A la joven no le gustó la compañía, pero tuvo que adaptarse. Al paso de los años, creyeron haberla domesticado.

DESNUDA, SUBE AL ESTUDIO, en la última planta, y al abrir la puerta lo primero que ve es el enorme candil de utilería que fabricó para Macbeth y que ahora cuelga sobre su mesa de trabajo y los estantes cargados con telas, brazos y cabezas de maniquíes, montañas de hilos que comparten espacio con recuerdos de la infancia de sus hijos. En el estudio había nacido el asunto entre Felipe y su sobrina, ahí con sus máquinas de coser, con sus bocetos y sus libros. Cruza la habitación sin detenerse a ver el vestido de novia de Agustina, faltan veinte horas para la boda y aún debe colocar cinco holanes, trenzar las cintas que caen por la espalda y herrar los agujeros del corsé. Había planeado pasar el día en estos últimos detalles, incluso compró una rueda de queso, vino y seis manzanas para no tener siquiera que bajar a la cocina hasta que el vestido estuviera terminado. Era su regalo para Agustina, un último *lo siento* inconcluso por haber tratado de convencerla de que nunca se casara. Una última historia de las que no le contó por las noches. No mira los espejos donde acecha la imagen de Constanza probándose vestidos, levantándose la falda, preguntando si así está bien o mejor más corto. Ya una vez cayó en esa trampa, ya una vez se detuvo a ver esos espejos y escuchar su historia. Cuando Felipe admitió lo que había pasado, Paula subió a esconderse en el estudio, a que se le enfriara el cuerpo, a contener la rabia para no quedarse tumbada como su padre en una cama repitiendo la misma estrofa de una sola canción. Una vez en el estudio los espejos se convirtieron en cuadros delatores: vio a su sobrina reírse y al viejo detrás, mirándola. ¿Qué pasó aquí? El reflejo de la joven entrecerró los ojos mientras contaba lo que Paula ya sabía: fue a recoger un vestido para una fiesta, luego quiso medirse otros y Felipe se ofreció a ayudarle a elegir. Estaban solos. Se probó varios mientras él la miraba sentado entre los maniquíes. Sentado aquí, dijo el reflejo de Felipe, palmas sudorosas. Y el reflejo de Constanza contó que ella se subió un vestido y preguntó: ¿Así o más corto? Hoy no. ¿Cómo puedes andar tan sucia? Camina en puntas, pies descalzos sobre la madera que se imagina inmunda. Quizá debería dar una barrida. Una trapeada. Pulir el piso. No hay tiempo. Llega al escritorio donde está su computadora, la abre y le da la espalda a Constanza, quien asomaba desde el espejo, los calzones casi a la vista bajo el vestido en ascenso. Moho. Concéntrate.

Primero datos generales. Un tipo de hongo. Blanco, verde, negro, rojo, dependiendo de. Filamentos. Crece sobre materia orgánica que. Causa de ciertas enfermedades humanas. Control de humedad insuficiente. La identificación es por medio de estudio micológico. Requiere de una fuente de alimento, humedad ambiental, calor, prefiere condiciones ácidas. ¿Podría crecer sobre la piel? Busca un manual dermatológico y comienza por navegar en las imágenes que ofrece. Nunca imaginó que la piel albergase tantos horrores: marcas negras que derriten los miembros de un anciano; hongos queman extremidades, consumen dedos, transforman el brazo de un hombre en una extensión que sólo puede definir como una rama.

Al poco tiempo de llegar al internado se robó un libro de la biblioteca para probar que se atrevía. No es que le interesara mucho, pero le habían dicho que *El fabuloso reino animal* tenía láminas de bestias en cópula y todas las alumnas querían verlo desde que las monjas lo habían prohibido. En un descuido de la madre bibliotecaria que a duras penas veía lo que tenía enfrente, Paula deslizó el libro bajo el delantal de su uniforme y corrió hasta el dormitorio y lo metió bajo la almohada, ya volvería por la noche para analizarlo con cuidado. Cuando al fin todas sus compañeras se durmieron, sacó el libro y lo llevó bajo el nicho de la veladora, con esa luz indecisa vio que se había equivocado: sujetaba un tomo rojo con una lechuza en la portada. *El Bosco*, decía en letras blancas, bajo los ojos amarillos del ave. ¡No puede ser, me traje el de los pájaros! Lo abrió por la mitad y encontró tres parques distintos en un mismo cuadro. Se perdió en aquellos jardines: creyó que era un libro para niños con dibujos de animales —dos pájaros peleándose por una lagartija, una sirena con pico de pato que leía dentro de un estanque—. En la primera ventana había un hombre. ¿Jesús? Le dio risa: estaba vestido con una túnica rosa. Miró de reojo la cruz de plata sobre su cama y supo que, de preguntarles, las monjas dirían: Nuestro Señor puede vestirse como él quiera. Frotaba sus muslos uno contra otro mientras miraba aquellos cuerpos montados en cerdos; recorrió con cuidado cada desnudo, dedos bajo la falda, hasta llegar a la tercera ventana, el tercer jardín: cielo negro, cuerpos que sugerían pérdida: aquél debía ser el sitio con el que amenazaban a quienes intercambiaban caricias bajo las mantas o robaban el vino de consagrar. Todavía hoy sueña con la imagen de un hombre partido por la mitad en cuyo interior habitaban hormigas rojas sentadas a una mesa.

En ese tercer cuadro piensa al transitar a saltos por el manual dermatológico, sin seguir un orden, el dedo sobre las flechas del teclado, la visión amenazando con volverse un pozo: exhibición de fenómenos, foto tras foto, piel tras piel. En su oído la voz de su presentador de circo personal: Pasen a ver a la mujer barbuda, el hombre sauce, el niño renacuajo. Los términos no le dicen nada: *ictiosis, granulosis, erythroderma*. Se aferra al escritorio para que no se la traguen esas pieles marchitas en un mar de piernas marcadas por salpullidos purpúreos e infantes envueltos en membranas sanguinolentas. Se detiene en la foto de un pequeño en una incubadora: ojos cerrados por formaciones parecidas al coral. ¿Qué habrá sentido su madre cuando lo expulsó del vientre? ¿Alivio? Todas las madres lo sienten; ¿decepción, entonces, porque no estuviese muerto? ¿Habría un poco de eso, también, en todas las madres? Luego: un niño cubierto por escamas, tiene la espalda como si tras sumergirlo en lodo le hubiesen puesto a secar al sol: barro cuarteado con delgadas carreteras de piel sana entre el desierto de costras. Siente que se le congelan las piernas; el engendro la mira, un duende, una cría de dragón, ojos alargados hacia atrás, cabello a media coronilla, cara cubierta por escamas terrosas. Escamas. Verdes. Como su mancha. Como ella. ¿Su problema habrá iniciado lentamente, como el suyo? O tal vez despertó así una mañana, convertido durante el sueño en ¿qué? No es un niño, es otra cosa. Lo quiere. ¿Dejará ella de ser mujer? ¿Se le descompondrá el cuerpo? ¿Se le caerá algo? Ni una maldita respuesta, sólo moho, *cladosporium*, verde. Le da miedo girar y encontrarse con Constanza en el espejo; el niño dragón la mira desde su inhumanidad, desde su asco, desde quién sabe dónde. Imagina su retrato junto al del monstruo: Pasen a ver al endriago que alguna vez fue mujer. ¿Qué será luego? ¿Un basilisco? El niño le da la bienvenida al bestiario. No me veas. ¿Qué habrá pasado con él? ¿Estaría vivo? ¿Encerrado en un laboratorio? ¿En un circo? El niño-duende, el niño-cocodrilo, el niño-dragón. La mujer-¿qué? Muévete, cierra la computadora, sal de esa página. El cuerpo le desobedece bajo la mirada del cocodrilo. Cierra los ojos, pero el duende ya está dentro, entre sus párpados; se quedará ahí, le dice, para acompañarla; su voz viscosa se le resbala sobre el reverso de la piel. ¡Fuera! El cocodrilo descubre la mancha y brinca, contento. Somos, dice, sabía que no era el único. No somos dos, no somos nada. Yo no soy nada contigo. Abre los ojos para volver a verlo en la pantalla: mejor así, espeluznante y lejano. Vete, niño lagartija, vete, cocodrilo. Lo mío no son escamas, ni ojos amarillos, ni compasión. Vomita en el suelo. El moho le llega ya hasta la pantorrilla. Vamos, muévete. Y se mueve y salta su mano y cierra la computadora y reaccionan sus piernas y se deja llevar hasta el espejo más grande donde con un manotazo hace a un lado el reflejo de Constanza para mirarse, para comprobar que tiene la piel del color de la piel, los ojos como siempre los ha tenido, que es humana. Pero el cocodrilodragónserpiente se arrastra dentro de su cabeza: somos, somos. Y aunque su cara es la de siempre, tiene la ingle enmohecida, se le pudre el sexo como restos marchitos, durazno viejo.

A PAULA NO LE GUSTA que la toquen. A Constanza sí. A Constanza le gusta que la recorran con los ojos, con los dedos, incluso con la lengua. En cambio, a Paula, cuando un hombre la toca, el cuerpo se le hace de sal: amargo y duro; siente los cristales apelmazados, la sal mezclada con saliva en una pasta amarga; se desmorona con cada empujón, ve los granos desperdigarse entre las sábanas; sabe que con el paso del tiempo la pérdida de cristales será notoria y un día tendrá un hoyo en el brazo, en la base de la espalda, agujero evidencia de los cristales perdidos; será como la Victoria de Samotracia: sin brazos, sin cabeza, ¿con alas? En la cama se le va el tiempo en lamentar el sabor salado de su piel; se aleja hacia adentro, oculta de las manos que le queman las nalgas, de los labios que se deslizan por su espalda como molusco. Conoce el deseo, claro, la consume como a cualquiera, la asusta como a cualquiera. Constanza debe crecer en la cama, debe ser abierta y húmeda, sin el temblor, sin la mirada fría, sin el reguero de cristales amargos. En su cama baila y se dobla en dos o en tres o en cinco. ¿Paula? Se mueve con cuidado para no romperse en pedazos. Su piel se encoge al tacto con otros dedos que irradian un calor ardiente y amarillo, siempre es amarillo, que se extiende coloreando la sal, dejando así huella de su paso sobre ella. Y está la recriminación, su voz interna: ¿qué te pasa?, cierra los ojos, contesta los besos, abre bien las piernas y gime, no te cubras los pezones con la mano, no busques rastros de sal, no te estás demoliendo. Ahora susurra. Haz algo.

QUIERE LASTIMARLA, ¿por qué no es ella quien se pudre? ¿Por qué se burla desde el espejo? Ya no estás aquí, Constanza, entiéndelo. No entiende. Toma del estante un cenicero y lo avienta contra el reflejo, es un cenicero hecho de plastilina que Constanza le regaló muchos años antes, un día de las madres. El cenicero rebota contra el espejo y va a parar junto a su pie; el verde le llega ya hasta el tobillo. Más de tres horas perdidas. Constanza sigue mirándola desde el espejo. Recoge el cenicero y lo amasa entre sus manos, la plastilina es dura, lleva muchos años acumulando polvo ente los hilos y las telas, pero poco a poco se suaviza entre sus manos y comienzan a marcarse sus huellas. Se sienta en el piso bajo el candil de Macbeth, uno de sus mejores trabajos, la luz de las falsas velas que lo iluminan se divierte enredándose entre los filamentos que ondean en su pierna. Ha dejado que las cosas avancen demasiado, no ha actuado a tiempo, aunque no sabe qué pudo haber hecho y a tiempo para qué. Quizá deba olvidarse un poco de sí misma y terminar el vestido de Agustina, se lo debe, prometió que sería un día sin recriminaciones, un día en el que Agustina sería el centro, por una vez, y ahora está con una pierna verde y una bola de plastilina entre las manos. Piensa en llamarla, quizá al hablar se le aclare la mente y de paso el cuerpo; sabe que cuando se está sumida en una crisis no se consigue ver hacia dónde se camina, es andar bajo la lluvia luchando contra el viento para impedir que se lleve el paraguas, único refugio, por temporal que sea, por frágil. Su paraguas es el odio, pelea por mantenerlo asido para evitar que una ráfaga de viento se lo arrebate. Lo malo, piensa, es que rara vez nota que de bajar el paraguas podría ver hacia dónde va, podría saber que la lluvia no duele: refresca; el agua no ataca: limpia. Diecisiete horas para la boda de Agustina y el moho le cubre ya toda la pierna. El cosquilleo ha desaparecido; ahora la zona verde se le antoja más ligera que cuando era carne limpia, como si pudiese atravesarla con la mano, aunque es perfectamente sólida. Pellizca uno de los bultitos blancos que crecen sobre el verde: no le duele. De un zarpazo lo arranca y lo sujeta entre sus dedos: esponjoso, suave. Se lo come. Mira hacia abajo: en el sitio de donde lo arrancó han crecido tres bultos más.

Es un monstruo.

Quiere hablar con alguien, pero ¿cómo comunicarse con la gente? ¿Debería plantear enigmas, como esfinge? ¿Lanzar dardos con su cola de mantícora? Tiene que reconocer que está avergonzada, ¿de qué?, quién sabe, pero la boda de Agustina se acerca y no ha resuelto nada. En su mano el cenicero es ya una bola de plastilina suave. La moldea: marca dos ojos cerrados, con la punta de un alfiler dibuja unas pestañas delgadísimas, luego hace una nariz redonda y unos labios gruesos. Sus manos esculpen la cabeza de un feto, el niño extirpado, la vida que Constanza y ella habían decidido interrumpir. Rafael. Nunca se ha sentido culpable por su expulsión, Constanza tenía dieciocho años cuando quedó embarazada y no hubo duda: aquello tenía que irse. El padre era, ¿quién era?

No recuerda y ya no importa, Constanza no iba a detener su vida, como la detuvo su madre, cuando apenas empezaba, cuando su número había salido en las listas de la UNAM en el periódico para estudiar Biología. No dudaron: esto que me crece en la panza tiene que irse. Nunca se fue del todo. A veces el fantasma del feto la espía por la casa, también lo ha visto acurrucado en un sillón, como gato, entre las almohadas de la cama de Agustina o bajo las mantas donde duermen los perros. No sabe si alguien más lo ha visto, tampoco sabe cuándo comenzó a llamarlo Rafael.

—¿Dónde andas, Rafael? ¿Platicamos un ratito? ¿Rafael? No me escuchas, has de estar dormido.

El reflejo de Constanza le da al fin la espalda. Se lleva al oído la cabeza de feto esculpida en plastilina, como se hace con las conchas de mar. Escucha rumor de olas, el líquido amniótico lamiendo la playa de la piel del feto, olas que se internan en sus rincones, caricia primera, y ajustan sus mareas al bamboleo del mundo que es la madre; oye también el correr de la sangre a presión por las venas que surcan su bóveda celeste, negra y roja y traslúcida. Y de pronto un sonido nuevo: vacío que chupa el aire y las olas del mar, succión en remolinos; baja la marea: se acaba el agua y la sangre y el mundo. Con la cabeza de plastilina apretada en un puño murmura: Vamos, pues. Y va a buscarlo.

Una casa vacía es un sepulcro. Lo malo: darse cuenta de que la tumba lleva su nombre. Al bajar las escaleras desde el estudio, Paula se cuela en un lugar abandonado por la plaga; pueblo deshabitado, puertas abiertas que ya no resguardan nada porque no quedan manos que sujeten, bocas que coman; nadie. Un hogar cuyos habitantes han muerto tiempo atrás, presas de una horrible enfermedad: carne carcomida, ojos secos, dientes expuestos. Ve sus pies posarse sobre los restos de vida cotidiana descartados: un pañuelo bordado, una cuchara torcida; objetos que exhiben su existencia, inútiles por sí mismos. No le extrañaría encontrar un bulto de harapos que sólo pudieran ser restos humanos, lecho para larvas de mosca. ¿La hallarán así sus hijos? Cubilete 189, una población donde las mecedoras vacías oscilan con el aire, las cortinas son inútiles porque en lo obsceno de la peste no cabe la privacidad, los espejos no reflejan a nadie y ya ni hay gatos maullando en la noche. ¿Es ella la plaga? Mujer de piel verde y alas negras, hoz entre las manos y cola de dragón que se sacude de un lado a otro barriendo a su paso a todos los residentes del pueblo: cuerpos rotos en los umbrales, madres que intentan proteger a sus hijos con brazos inútiles, viejos derrumbados contra las paredes, buitres sobrevolando el futuro festín. ¿La aniquilación es por su causa? Es ella quien presenta las marcas del horror, sólo le faltan las cuencas oculares vacías. Y la cola larga. ¿Quién es el monstruo? ¿Quién la bestia? ¿Quién la infección? Incluso cobró ya su primera víctima. No, Rafael es un caso distinto.

OJALÁ SE MUERA, pensó la noche en que Felipe le contó lo de Constanza, o lo que él imaginaba que era lo de Constanza, o lo que imaginaron juntos. ¿Por qué no puede morirse? Estaban en la salita de arriba, cada uno en un sillón, la mesa de centro como barricada. Dos días después de saber, de verlos juntos sin hablarse. Sobre la mesa una botella de Don Julio; ella mantenía lleno el vaso de Felipe, desesperada por un poco de ventaja. Felipe se pasaba la mano por el cabello gris y bebía. Le daban asco sus manos nudosas, los ojos de víctima. No quiere pensar en él, no va a pensar dónde lo conoció, si le gustaba o no, no va a detenerse en su piel ni en su ropa ni en si lo quiso; en su narrativa personal él va a ser poco más que una sombra, una sombra que se traga la luz, pero una sombra, a fin de cuentas. Las ventajas de la memoria: a veces se puede elegir qué olvidar, a veces se puede pasar un trapo por las viñetas de días pasados, quitar el polvo y los afectos, tapar las grietas con un cuadro, abrir las ventanas y traer unas flores. Estaban en la sala del primer piso, al final del pasillo, desde donde se veían las puertas de todas las recámaras. Y él sabía que ella se preparaba para atacarlo, no se vive tantos años juntos sin aprender a leer las señales de misiles dejando ondas expansivas bajo el piso laminado.

—Constanza ya me dijo todo —mintió ella.

—¿Qué te dijo?

—Todo.

Felipe no se sobresaltó, no le temblaron las manos ni se atragantó con el tequila, sólo abrió mucho los ojos, esos ojos negros que le parecían los de una vaca en el matadero.

—No es cierto —su voz sonó tan cansada que casi le provocó lástima, luego pensó: qué gusto, qué ganas de verlo retorcerse. Ya no sabe qué pensó y qué sintió, pero el odio siempre deja buena pátina sobre los recuerdos que nos descomponen.

—¿Qué no es cierto?

—Nada es cierto.

Un intercambio entre dos personas que hace mucho no hablaban la misma lengua, no tenían qué decir, cumplían el requisito de sentarse en la salita del pasillo, el mismo lugar donde evaluaron en qué escuela inscribirían a los niños, cuál sería el significado de que Leonel quisiera dormir en las casitas de los perros, si era necesario controlar con medicamento las noches de Agustina. Las conversaciones serias, íntimas, las tenían siempre ahí y ahí fueron a naufragar y a sentirse avergonzados e idiotas, a soltar preguntas y acusaciones como dos autómatas que juegan al ajedrez sin poder sentir la temperatura de las piezas. No sabían hacer otra cosa. Hablaron en espirales que se prolongaban hacia adentro. A veces él negaba todo lo que decía Paula; pasaba de decir todo está en tu mente a contar el encuentro en el estudio, los vestidos, los espejos.

Ella iba del asco a la indiferencia y conforme se deslizaba espiral abajo iba aprendiendo que quien había inventado gran parte de la historia era ese hombre viejo con el resorte de los calcetines roto. Supo lo que ya sabía, que adentro de la mente, en las cavernas, es donde más nos lastimamos, es a donde nunca hay que asomarse.

—¿Sabes hace cuánto no me sentía vivo?

Y ella, hace cuánto no lo veía vivo. Le dieron ganas de acabar con ese último aliento y buscó con los ojos un objeto lo suficientemente duro para partirle la cabeza y que le salieran chorreando los años. No se atrevía ni a golpearlo con el puño.

—¿Por qué te siguió el juego?

—Porque no eres su madre, porque tienes otros hijos.

—¿Y tú?

—Por lastimarte. Los dos, por joder. Para que nos vieras. Quién sabe.

No decían nada y no dejaban de hablar. Felipe bebía, ella casi le dice: déjalo, ya fue mucho. No le dijo.

—¿Te acuerdas de cuando llegó? Cuánto te quejaste: tenemos bastante con nuestros hijos, ¿por qué tienes que criar también a tu sobrina? Que se vaya con su madre.

—Sí, me acuerdo.

—Cuántas peleas, cuántos gritos.

—Cuántos problemas: golpeó a alguien en la escuela, se salió sin avisar, son las cuatro y no ha llegado. Qué íbamos a saber entonces que era niña y quería que la quisieran.

—¿Y qué pasó? ¿Crees que ahora es muy diferente? Tiene casi cuarenta y es la misma adolescente enredada, la misma que a los diecisiete pasaba toda la noche fuera de casa para saber si nos preocupábamos; es la misma niña caprichosa y triste, la que siempre trataste de mandar de vuelta con su madre. ¿Te acuerdas cuando le quemó el pelo a Leonel mientras dormía? O cuando paseaba a Agustina con la correa de los perros. No te rías. Yo tampoco me estoy riendo.

—Ésas son cosas de niños.

—Éstas son cosas de niños.

—Éstas son cosas de viejos que quieren que alguien los quiera.

—¿Tú crees que lo hizo por joder?

—Eso dijiste hace un rato.

—Pero por joderte a ti. ¿Crees que lo hizo por joderme a mí?

—A todos. No sé. Tampoco es que Constanza piense mucho lo que hace.

Ir y venir durante horas, los ojos se les fueron diluyendo en la bebida. Hablando del naufragio mientras se sacudían la arena de los calzones, mezclando risas con insultos, con la familiaridad de dos amigos que se odian. El alcohol al fin conquistó su cuerpo y Felipe no pudo más que cerrar los ojos sumido en ese dolor sin llanto que se parece tanto a la vergüenza y que se confunde con la derrota.

—¿Cómo llegamos a esto, cómo lo permití?

Entonces ladraron los perros, Leonel entró a la casa.

En Leonel piensa muy poco. No quiere ensuciarlo en este asunto. Es su bebé. Lo sigue viendo de cuatro años: el chiquito de la casa, tápenle los ojos, que no vea la parte fea de la película. Agustina lo cuida igual, como si él encarnara la inocencia de la casa, la habitación de huéspedes que siempre está limpia. Ya es un hombre aunque no lo vean: veintisiete años, alto, con la barba cerrada y los brazos gruesos, un hombre que todavía cena medio litro de leche con chocolate y que se pasa los fines de semana viendo en la tele *Los Caballeros del Zodiaco*.

—¿Mamá? —gritó desde abajo, como siempre que cruzaba la puerta.

Lo que quedaba de Felipe se arrastró hasta el baño de su recámara, para que su hijo no lo viera. Leonel subió, largo, flaco, seguido por los dos mastines grises que siempre parecían estar pegados a sus talones.

—Ve a ver a tu padre, no se siente bien.

Lo halló tirado sobre los azulejos del baño.

—Bebió de más.

—¿Y tú lo dejaste?

—Yo se lo di.

Sostuvo su mirada de largo reproche y casi oyó a su cerebro ponerse en marcha, buscar salidas, planes. Eso le heredó a su hijo: el yo lo resuelvo. Ver a Felipe ahí tumbado hizo que le volviera el odio, el desprecio, el cómo te atreves. Como si el viejo fuera un niño, Leonel lo levantó agarrándolo de las axilas y lo metió bajo la regadera. Su padre era un bulto que emitía quejidos, estaba medio inconsciente y a pesar del agua fría tardó en espabilarse.

—Papá, tienes que vomitar.

—¿Aquí? Va a ensuciar todo.

—Papá, ¿me oyes? Ven, ponte de rodillas. Ayúdame, madre.

—No.

Leonel consiguió que su padre se inclinara hacia adelante y le rodeó la cintura con los brazos y empezó a exprimirlo, como jerga vieja. No salió nada. Luego le abrió la boca y le metió dos dedos por la garganta: un chorro de vómito golpeó la pared y se escurrió por la barbilla del viejo.

—Eso, papá, síguele, sácalo todo.

El vómito se revolvió con el agua y fue a pegarse en el traje de Felipe, en la corbata, en los calcetines de rombos. Los perros intentaron lamer lo que había salpicado hasta la entrada, pero Leonel los apartó de un empujón. Felipe temblaba bajo el agua.

—¿Y si se muere? ¿Y si le da una congestión, una pulmonía? Por favor, que le dé pulmonía.

—Cállate, mamá.

Continuó la plegaria en silencio. Felipe pasó un buen rato bajo el agua; Leonel le limpiaba los restos de vómito del traje, le sacó la pluma y la cartera de los bolsillos.

—Papá, no te duermas.

Vio a su hijo traer al padre de regreso, a pesar de sus oraciones, a pesar de las ganas que tenía el viejo de escurrirse por la coladera. No sabe si fue la juventud o la suerte, quizá la piedad, pero Leonel consiguió que Felipe saliera por su propio pie de la regadera, aunque sólo fuese para dejarse caer sobre el tapete. Los perros se acomodaron uno a cada lado, como para darle calor. A jalones, Leonel le quitó el traje; desnudo parecía la cría de un guajolote desplumado. Volvió a odiarlo.

—Vamos a tu cama —Leonel lo secaba con una toalla de mano.

—Él aquí ya no tiene cama.

—Aquí estoy bien.

Leonel dijo que iba a bajar a la cocina.

—Te lo encargo, madre, no le hagas nada.

Volvió con una jarra de café. Cubrió a su padre con una bata y lo obligó a beber varios tragos. Pasó el resto de la noche junto a él, en el tapete, con los perros, hablando de cualquier cosa y repitiendo:

—No te duermas, papá, no te duermas.

—RAFAEL, ¿ME ESCUCHAS?

Busca en las recámaras. No está en las cobijas de Agustina ni en los zapatos de Leonel. Los pasos de Paula sobre el piso de madera son el único signo de vida en este territorio.

—Rafael —llama, no muy segura de querer una respuesta. No sabe lo que espera, tal vez sólo compañía.

Dieciséis horas para la boda de Agustina. Rafael podría estar en cualquier parte; no es difícil esconderse cuando se mide un palmo, pero le extraña su ausencia porque siempre parece querer que ella lo vea: en el estuche de los cubiertos de plata, en el baúl de los manteles. En la salita del primer piso mueve libros y adornos con la mezcla de temor y asco con que se busca una cucaracha para matarla. Llama y llama sin respuesta. Por fortuna. ¿Qué habría hecho de gritar su nombre y oír una vocecita contestar *estoy aquí*? Tal vez la hubieran encontrado sus hijos tirada en la alfombra, el pelo blanco y la boca rígida en un último gesto de pánico. Si no se apresura van a encontrarla consumida por el moho, ¿es eso muy diferente? Cuando acaba de revisar los escondites habituales repara en el estuche de la guitarra de Felipe, obsceno ahí en su casa, un cadáver desnudo abandonado en la calle. Le dijo que se llevara sus cosas, ¿por qué dejó precisamente eso? Siempre odió la guitarra y odió más al hombre en que se transformaba al montarse en ella, un centauro mal formado, el lomo arqueado, la cola tiesa. Claro que exagera, qué se le va a hacer. Y miente, un poco. Qué sería de la narrativa personal sin las mentiras. En otro tiempo le gustaban los dos: la guitarra y él. Hace más de treinta años: él una década mayor que ella, oficina en Donceles desde donde se oían las campanas de la Catedral; le gustaban su piel morena y la barba negrísima, los ojos árabes acurrucados en ojeras violáceas; le gustaba su fuerza al caminar como si quisiera dejar sus huellas bien marcadas en el asfalto. La guitarra viajaba en el asiento trasero del Mustang rojo y de vez en cuando una de sus cuerdas emitía una queja; Felipe tocaba entonces el estuche con la punta de los dedos como para asegurarle: todo está bien, fue sólo un bache. Es difícil recordarlo así, es hablar de otra persona; será la convivencia que transforma todo en ruido de fondo, en manchas del papel tapiz en el que ya nadie repara. En aquel tiempo en el que ahora piensa, el del Mustang rojo y las cervezas en La Ópera, las canciones que tocaba y escribía eran para ella, hasta que alcanzaron a Constanza. Un círculo que no es un círculo es ¿qué? Una cola, una espiral. La guitarra está ahí, recargada en el sofá, como si aún tuviera un lugar en esa casa. El estuche se agita. Ya estás otra vez viendo cosas. Vuelve a moverse. Paula se acerca despacio. El estuche se sacude de nuevo. Lo toca con un dedo y luego lo empuja hasta que cae, como hacen los gatos con los adornos en las repisas: lento y con determinación, toquecitos. Cuando cae las cuerdas le reclaman.

—Cállate.

Las cuerdas vuelven a sonar.

—Que te calles, guitarra de mierda.

Suenan de nuevo. Sin darse tiempo para pensar, abre los broches metálicos del estuche: el instrumento permanece inmóvil, quizá se ha arrepentido. Bueno, si Felipe te dejó aquí no vas a quedarte en una pieza. Lo toma por el cuello para sacarlo del estuche y cuando la luz entra en la roseta alcanza a ver en el oscuro interior un breve brillo madreperla. Rafael. Se le congela la espalda. Recuerda entonces que al pequeño le gusta acurrucarse en el hueco de la guitarra, quizá por la penumbra o la manera como rebota el sonido en las paredes de madera. Pone el instrumento en el sofá y se sienta a su lado. Ven. El feto no hace nada. Menos mal, nunca lo ha tocado y no está seguro de que sea sólido. ¿En verdad quiere que salga? ¿Quiere verlo avanzar hacia ella, su cabeza asomando entre las cuerdas, su nariz redonda olfateando su aliento? Sal, chiquito, sal. Bueno, ya llegó hasta ahí, ¿qué puede pasar? Estira la mano y lo toma. Se retuerce al contacto. Entre temblores lo sostiene en la palma: tiene el peso de una manzana e irradia cierto calor reconfortante. Este cuerpo murió hace veinte años. Sabe que ha cruzado una frontera terrible que va a dificultarle el regreso de quién sabe dónde.

—Hola, Rafael.

Pasa un dedo por su espalda curva y él tiembla; luego mueve brazos y piernas como un insecto bocarriba. Paula siente humedad en las mejillas y hasta entonces nota que está llorando, quién sabe desde cuándo. Así pierde el control, lo sabe por la inmovilidad: no tiene ideas, no hay un plan a seguir, no dice yo lo resuelvo. Está vacía. Miedo puro y blanco como el que se come a Agustina por las noches. Ahora lo entiende. Miedo incandescente que ciega y duele. No teme al cuerpecito entre sus manos, teme por ella, por ser capaz de verlo, por sujetarlo y sentir su peso, por las ganas de aplastarlo entre los dedos. Dos pataditas en el pulgar la traen de vuelta, ¿de dónde? No sabe, pero ya iba camino a alguna parte. Él tiembla y ella piensa que necesita calor. Lo pone sobre su pierna enmohecida: al entrar en contacto con ese cuerpo el moho crece veloz, fertilizado, aumenta de grosor para arroparlo y de pronto a ella la mancha se le antoja menos sucia, menos corrupta. Deja al feto sobre el sofá. Sin Felipe en la casa no hay razón para seguir teniendo ahí la guitarra. La toma por el cuello y la sacude, luego la levanta sobre su cabeza y la azota contra el piso. Espera que vuelen los pedazos por todos lados, pero apenas se le forman unas grietas en la base. Vuelve a golpearla, ahora sí la madera revienta en astillas y el instrumento se queja por última vez; se parte en dos y las cuerdas se crispan; se parte en cinco y se astilla; sigue golpeando hasta que sólo sujeta el clavijero. No más canciones. Para nadie. Vuelve al sillón y toma el cuello de Rafael entre índice y pulgar, abre la boca y mete la cabecita entre sus labios. Muerde y, cuando espera escuchar el cráneo romperse como cáscara de huevo, sus dientes se hunden en la plastilina. ¿Y Rafael? La risa le surge de algún sitio entre el estómago y el pecho. Se estremece al intentar tomar aire y cuando al fin los pulmones consiguen llenarse se le sale un chillido seguido por una carcajada que se le desborda entre los dientes.

Del aborto guarda muchos recuerdos: las manos sudorosas que se abrazan, la respiración agitada de Constanza, las advertencias del doctor: ahora sentirá frío, voy a introducir el espejo, esto dolerá un poco, voy a limpiar, respire profundo, puje, no pelee contra el sueño. Una muerte en la familia es siempre devastadora, pero con Rafael hicieron como si nada hubiera pasado; al salir de la clínica las dos se metieron al cine para no tener que mirarse. Ahora piensa que tal vez hubiera sido mejor reconocer: el niño ha muerto, cubrirse la cara con ceniza y llorar. Huyeron. Constanza no volvió a hablar de él y la mayor debió extrañarse por su silencio, pero ¿cómo diferenciarlo del propio?

CAMINA HASTA EL CUARTO de Agustina para acostarse en su cama, para calmarse, para no llorar. En esa cama que sabía de miedos y de angustias. Cuando Constanza llegó a vivir a Cubilete 189, Agustina no quiso compartir recámara con ella. Prefiero estar sola, dijo, y se pasó a la habitación al fondo del pasillo, la que era más un balcón que un cuarto, la de techo de cristal, el invernadero. A todos les pareció buena idea porque ese lugar nunca estaba oscuro. Pusieron su cama en medio de las plantas, quizá así le daría menos miedo estar sola. Con los años el escritorio, los libreros y los cuadernos llegaron a compartir espacio con las hojas. A Agustina le gustaba escribir con la luz que entraba por el techo de vidrio y el ventanal. Siempre había tierra en los libreros, siempre había tinta en las flores. Las noches de lluvia el agua se colaba por las conjunciones entre vidrio y metal y Agustina armaba un toldo colgando una lona sobre su cama. Siempre fue un poco salvaje. En su narrativa interna Agustina es un borrón oscuro que la atemoriza. Se sienta en el piso, entre las plantas. Huele mucho a humedad, la pierna enmohecida despide ese olor pegajoso a sótano oscuro, a armario cerrado, a descuido. Nota entonces que el moho se extiende más allá de los dedos de su pie, que forma apéndices gruesos, blancos, como agujas de pino. Tiene ya una ramita. Sus hijos crecieron en una casa llena de visitas. Agustina preguntaba: ¿Por qué todos se van y yo me quedo? Leonel todo el día en el jardín, pateando la pelota contra la pared, bañando a los perros, durmiendo con ellos en alguna de las casitas. Tíos, sobrinos, amigos, refugiados tras rompimientos familiares, quiebras, guerrillas. Cuando ella no estaba en el estudio, trabajando, pasaba el día llenando el refrigerador, la alacena, revisando que hubiera toallas limpias. Agustina aprendió pronto a no apegarse a los huéspedes, decía: Un día la que se va a ir soy yo y ustedes tendrán que extrañarme. Quizá en esos tiempos surgió su eterna desconfianza, la certeza de que toda felicidad se esfuma y la convicción de que la gente a la que quiere siempre termina por marcharse. Ojalá duerma un poco. Con el día que le espera.

Una noche Agustina encontró a su madre sentada bajo el bambú, bebiendo vino, sola.

—¿Qué hizo ahora? —preguntó.

—Constanza.

Agustina se tambaleó, se sentó a su lado y se quedaron ahí, en silencio.

En Agustina prefiere no pensar.

CRIATURAS EXTRAÑAS SOMOS TODOS. La belleza está en la diferencia. ¿Quién establece los parámetros de lo hermoso? Hasta el cansancio ha escuchado, y repetido, estas y muchas frases semejantes, como si fueran parte de un paquete de valores que se entrega a los padres al nacer su primer hijo. No hay que engañarse. La defensa de la diferencia es tramposa. Muchos han contado los dedos de sus hijos al nacer y han suspirado con alivio: la cría es humana. Algo muy dentro les dice: hay excepciones, no todos los hijos son de la misma especie, hay cruces, mezclas, sorpresas. Pero ¿quién va a aceptar haber dado a luz a un duende? En otro tiempo las madres elevaban sus plegarias a los dioses familiares para solicitar un cachorro humano. Muchos híbridos se desmembraron contra los dientes de un despeñadero; otros respiraron su primer aliento para, segundos después, exhalar el último sofocados bajo unas mantas. ¿Qué se haría, entonces, con un niño cubierto de escamas, con una pequeña con el sexto dedo de las brujas? Con suerte se diría: enfermedades, anomalías, infecciones.

Sentada entre las plantas, en la recámara de Agustina, trece horas antes de su boda, Paula mira su pierna verde, el pie con su ramita y piensa: esto no es del todo asqueroso. Si no se le compara con un cuerpo humano puede incluso ser algo bello: un tronco abandonado junto a un lago, una raíz gruesa de árbol viejo. Son ya muchos los bultitos que sobresalen del verde, vegetación sobre vegetación. Y aunque sea parte de un cuerpo, del suyo, se han visto cosas peores, por la Tierra ha caminado todo tipo de criaturas; quizá el moho no es tan malo; si hay personas alérgicas a la luz ella puede arreglárselas con un miembro enmohecido. O dos. Recuerda las fotos del manual dermatológico. ¿Y si no son registro de enfermedades? El niño-serpiente asoma su cabeza y con él la imagen de un pie sobre el cual crece una gruesa capa de cristales blancuzcos, parecidos a un acantilado rocoso. ¿Podrían anidar ahí albatros en miniatura? Somos, sisea con el niño-cocodrilo. Cada uno de esos cuerpos es una creación diferente, cada llaga semejante a una sanguijuela, cada mancha con forma de nube, de hongo, todo podría ser un viaje, un cambio, una evolución. Constelaciones de lunares rojos. Una niña con la espalda marcada con manchas de leopardo. Una mujer con el rostro derretido. Un joven con burbujas de piel en todo el cuerpo. Arena de playa en las axilas. Todo señal de algo, un salto adelante, o atrás, reminiscencia de criaturas desaparecidas, ¿no podría ser el niño-dragón lejano sucesor de una *banshee* o de un *leprechaun*? El moho no tiene que ser una prisión. Puede ser una salida. Ya tiene las dos piernas verdes, dos hermosos troncos enmohecidos con brotes de agujas de pino en cada dedo; la luz rebota en su vegetación, en los bultitos blancos que despiden destellos, piernas caleidoscopio. Dos grandiosas piernas verdes, orgánicas, majestuosas. Parecen independientes, como si quisieran moverse solas, sin torso, ¿sin ella? Las imagina bailando sobre un escenario, abriéndose en compás para luego girar en molinete y dejarse caer sobre las tablas del suelo; se siente orgullosa, como si las hubiera fabricado ella. No puede dejar de tocarlas, quizá porque sin hacerlo no las siente, como si de la cintura para abajo el cuerpo se le adormeciera, sin dolor, pura ausencia. Las sabe indómitas, capaces de saltar entre las piedras, de nadar contra corriente en aguas heladas; porque su moho es térmico, los filamentos cerrados se humedecen y filtran el aire, el agua, el dolor; piernas precámbricas, ejemplares de las primeras formas de vida, aún indecisas entre ser animal o planta, llenas de posibilidades. Es ya medio monstruo, media mujer. Un demonio o un dios, quizá una criatura fantástica. Y le gusta.

Nota que no puede mover el pie derecho cuando intenta bajar las escaleras. Quiere comer algo, pero antes de descender se detiene a mirar las fotos que cuelgan en el cubo de la escalera. ¿Por qué en tantas casas se cuelgan las fotos familiares ahí? Quizá por ser un espacio indefinido, porque no es baño ni es cocina, porque nadie quiere los rostros de tíos y sobrinos mirándole la cara, o la espalda, mientras duerme. Desde la cima ve el retrato de su abuela, Loreto, enmarcado en un rectángulo de cobre, abajo, sobre el primer escalón. Quiere bajar deprisa y tropieza; su pie derecho se ha convertido en peso muerto. Como puede se agarra al barandal. Intenta incorporarse, vuelve a perder el equilibrio. Colgada de la baranda jala hacia ella la pierna derecha, minutos antes ligera, y siente el pie pesado, de mármol verde. Prueba mover los dedos, ya no son ramitas independientes sino un conglomerado de agujas blancas, ligeras, con la punta negra, un enorme diente de león. ¿Sus dedos? No puede moverlos y apenas se adivinan bajo aquella vegetación casi marina. ¿Cómo es tan pesado algo que parece tan frágil? Lo toca: es más frío que sus manos, que su vientre. Arranca un filamento: brota una baba blanca, espesa. Su abuela Loreto la mira desde su retrato.

Mierda, abuela, ¿qué nos pasó?

Loreto era una mujer pequeñita, como Agustina, y tenía dos obsesiones: su cabeza y su mano izquierda. Lo de la cabeza era comprensible: desde joven sufría ataques de migraña que le impedían moverse y la dejaban convertida en un almohadón gigante y quejoso; la recuerda también con la mano crispada sobre un lado del rostro y los ojos como los de los pescados en la sartén. No hagan ruido que mamá Loreto está en cama; no enciendan la radio porque a mamá Loreto le duele la cabeza; no griten, no toquen el piano; esta noche cenaremos con velas porque a mamá Loreto le molesta la luz. El asunto de la mano es menos claro; la abuela pasó sus últimos años preocupada por un descubrimiento que calificaba de espeluznante: tenía muy corta la línea de la vida. A cualquiera dispuesto a escuchar, mamá Loreto le soltaba: Mire, ¿ve esta línea de aquí, cerca del pulgar?, es la de la vida y dice cuántos años va uno a estar por acá, nomás que la mía avanza hasta la mitad y se corta, ¿ve? Zaz, se corta así, de repente, eso quiere decir que voy a morir joven. Paula miraba su rostro arrugado, las canas, las pecas en el dorso de la mano. ¿Joven? Una vez dijo: Abuela, joven ya no se murió. Y la misma mano trágica se fue a estrellar contra el rostro de la nieta y casi se quedó marcada en su mejilla, trunca línea de la vida y todo. Las noches en que Loreto no tenía jaqueca se sentaba junto a la lámpara de la sala a dibujar en un cuaderno donde trazaba la palma de su mano, midiendo cada línea con compás y regla de madera; pasaba horas inmersa en sus cálculos; como un alquimista extendía sobre la mesa sus instrumentos, los limpiaba con la falda. Los hermanos de Paula se reían, pero para ella ese ritual era místico: sólo cuando se entregaba a sus mediciones el cabello de la abuela se escapaba del moño; sólo entonces se quitaba los zapatos de tacón alto y se abría el botón del cuello del vestido; sólo por las noches, bajo la luz de su lámpara, su abuela abandonaba su aire alucinado y sus ojos de pez lo eran menos, tenían un destello de determinación que a Paula le encantaba. Oculta tras la silla de Loreto, miraba sus manos mientras la escuchaba: Cambian, crecen, se alargan, tienen siempre un mensaje distinto, debe haber un mensaje distinto, cada noche, ¿por qué no puedo hallarlo? Ni su palma ni la de la nieta cambiaban mucho: la terca línea de su abuela insistía en suspenderse a mitad de camino. Lo curioso es que Loreto nada sabía de quiromancia, aquello era una obsesión que le llegó de pronto. Su madre echó de la casa a la cocinera por pensar que era ella quien inducía esos pensamientos en Loreto y de paso le prohibió escuchar la radio: No se sabe qué de cosas dicen por ahí. El padre de Paula, en cambio, una noche le regaló a Loreto un libro de adivinación que había encargado a su librero en la Ciudad de México. Loreto lo miró, desconcertada: ¿Qué quiere que haga yo con eso? Es para sus cálculos, doña Loreto, para que se documente. La abuela le dio la espalda: Sé todo lo que necesito, gracias. Pero no sabía nada, su método lo había inventado ella: las abluciones con leche de cabra, las friegas con vinagre de vino tinto y jerez, los guantes de encaje en las noches de luna llena. En una ocasión Hortensia sacó a escondidas el diario de Loreto y borró la línea fatal de las tres últimas páginas; esa noche un grito sacudió la casa y cuando todos corrieron al encuentro de la abuela la hallaron con el cuaderno en las manos y presa de una de sus peores jaquecas: casi no podía ver y el mero sonido de las pantuflas sobre el parquet le provocaba arcadas. Me llegó la hora, decía, se borró, no hay línea. Un hilo de orina le escurrió por el zapato y Paula también se hizo pipí en los calzones. La abuela murió durante el exilio de Paula en el internado y en su familia a nadie se le ocurrió avisarle. Pero ella se había llevado la obsesión de Loreto y pronto descubrió que junto a la capilla había un pequeño cementerio; las clases se le iban en pensar si las monjas allí enterradas tendrían la línea de la vida corta o larga. Una vez se escapó hasta la tumba más reciente armada con una cuchara que había robado del refectorio y, a fuerza de cucharazos, hizo un hoyo junto a la lápida que decía Marta; estaba tan concentrada que no notó acercarse a la monja que la tomó por la trenza y la llevó arrastrando a la oficina de la madre superiora. Enferma, perversa, diabólica, la llamaron las monjas. Vendrá la madre Marta, que Dios la tenga en su gloria, a perturbar tu sueño, a mirarte mientras duermes, a cubrirte la cabeza con la almohada por haberte atrevido a profanar su sagrado sepulcro. Nunca vino.

UNA SEMANA ANTES del moho un mensaje en la contestadora: Hola, tía, soy Constanza, por favor deja de llamarme, no voy a responder. Agustina fue la primera en escucharlo.

—Mamá, te habló la degenerada.

Reprodujo el mensaje varias veces. Tía. Siempre le dijo Paula, así, directo. Por supuesto: la llamó; marcó una, dos, catorce veces, hasta memorizar el número. Vas a contestarme, hijadeputa. No contestó. Entonces salió a la calle para buscar un teléfono público, caminó siete cuadras, no había notado que los teléfonos públicos ya eran casi un fósil citadino. Encontró uno. Escuchó un hola.

—Soy Paula.

Silencio.

—Vas a venir a mi casa y vamos a hablar.

—Lo siento, tengo trabajo.

—Te espero.

—No. Saldré tarde.

—No me importa.

—No voy a ir.

—Sí. Voy a esperarte. Y no voy a llamar más. Me avisas cuando vengas para acá, sea la hora que sea.

—Está bien.

—Con cuidado.

Pasó la tarde trabajando en el vestido de novia de Agustina; pegó lentejuelas, sujetó los arillos del corsé, cosió algunos holanes a la falda. Cuando sonó el teléfono eran las dos de la mañana.

—Soy yo. ¿Todavía quieres que vaya?

—Sí.

Poco tiempo después bajó a abrirle; llevaba botas sobre un pantalón de mezclilla, chamarra de piel, cabello revuelto. Se veía tan bonita. Cuando se acercó a darle un beso, Paula notó que olía mucho a alcohol. Para darse fuerza. Como ella.

—Vamos al estudio.

—¿Al estudio? —casi se rio.

Subieron.

—Estoy muy cansada, ¿podemos hacer esto rápido?

Ahora le daba risa su gesto duro, los puños cerrados, los nudillos blancos. ¿Quién era? Constanza la huérfana, Constanza la adolescente que susurra al oído de Agustina: Yo debería ser la hija de tu madre, yo sí soy blanca. Constanza, que llegaba por Leonel a la escuela con tres horas de retraso: No llores como niña, ¿eres maricón? Daba risa, ahí sentada con gesto amenazante. Y más risa daba Paula que le temía. Se contradecía. Se enredaba. Se enredaban las dos. Paula casi le creía. Pero era tonta, Constanza, tan tonta que la sonrisa se le escapaba entre frase y frase. Creía saber todas las respuestas, la juventud no le dejaba saber que dentro de una mujer mayor el alma es la misma de siempre; es la misma que fue cuando tenía veinte, cincuenta, cuando ya se sabe qué hacer con los impulsos, con el olor y con la boca. Quería medirse con su tía ahora que los gestos se le marcaban en la cara. Pero la mente no cede, Constanza, y eso no podías saberlo todavía. Dentro, Paula era todas las mujeres que había sido y eran muchas más de las que llegó a ser la joven, eran un ejército. Constanza nunca fue un bebé, al menos no para su tía. No la llevó en el cuerpo, no tuvo sobre ella el poder de todas las madres, que es el de la muerte. Quizá por eso nunca la supo tan débil, porque a su cargo jamás fue tan pequeña como para sujetar sobre su rostro una almohada hasta que dejase de respirar. Cuando llegó a ella ya estaba formada, corría; una bestezuela que se cortaba las manos con una navaja. Con ella no hubo alternativa, ya era muy grande como para jugar con la idea de abandonarla en el carrito del súper, en la banca de un parque. Tuvo que aprender sus signos, su código. No lo crearon juntas. Se lo impusieron. Una cría de jirafa que salta del vientre al suelo y de inmediato se pone en pie. Llegó ineludible, una muñeca que habla, se mueve y encierra a Leonel, él sí un bebé, dentro del refrigerador. Qué hicimos contigo, Constanza, dónde quedaste.

Poco después de la expulsión de Rafael, Constanza empezó a buscar algo con desesperación, sin saber muy bien detrás de qué iba. El dolor se le pegaba a la piel como polvo fino. Se interesó por la actuación. Paula ha visto que para las jóvenes el teatro es casi mágico, con lo parecido que es un teatro a un templo, las altas bóvedas que magnifican la voz, la penumbra donde puede gestarse desde un roce a una puñalada. Qué puede decir ella, que ha sido su prisionera durante más de treinta años. Una noche, Constanza le anunció a la familia que se había unido al grupo de teatro de su facultad. Ya estudiaba biología. Del taller dramático le encantaron los ejercicios por íntimos —pasar toda la tarde frente a un compañero tocando su rostro, su cuello, dejándose tocar—; el tiempo se le hacía corto cuando jugaba a repetir secuencias de palabras, a caminar por el salón como un pato, como una mujer embarazada. Volvía a casa inyectada de energía, feliz de tener un espacio donde estaba bien asumir gestos distintos, modos de hablar, andares ajenos. Luego vino la traición, era imán de inconvenientes. El montaje en el que trabajaban era muy ambicioso: *Jacques o La Sumisión*, de Ionesco. Constanza consiguió un papel importante, Roberta II, la mujer con tres narices, de quien Jaques se enamora y a quien entrega su sombrero como prenda de compromiso, al menos eso es lo que ella interpretaba. Fue tras el ensayo de una escena erótica que Constanza rompió de una vez y para siempre con el teatro. Lástima, toda esa rabia, esa confusión, esa búsqueda de cariño hubieran generado una actriz monstruosa. Eran cerca de las diez de la noche, habían pasado varias semanas ensayando la misma escena: Constanza cabalgaba sobre la espalda de Jacques; ella vestía un pequeño camisón blanco y él un pantalón de dormir. Estaban cansados, no entendían por qué había que repetir tantas veces esa escena. Debemos hacerlo horrible, decía Constanza cada noche. El montaje lo dirigía una maestra de Literatura Dramática que se sentaba en las últimas filas, a oscuras, y decía: Pásenla de nuevo, desde arriba.

Constanza le había pedido a Agustina que fuera a buscarla y ésta esperó en la entrada del teatro, pero al ver que nadie salía se escabulló al interior por la parte trasera del patio de butacas. Sólo el escenario estaba iluminado. Vio a Constanza sudar sobre los hombros de Jacques y casi gritar una historia sobre un pequeño conejo blanco. Luego le contó a su madre que era increíble: viva, radiante, fuerte. Agustina avanzó unas cuantas filas hasta descubrir la silueta de la directora: entonces la escuchó gemir y al asomarse sobre el hombro de la mujer vio que tenía la falda levantada y la mano perdida entre las piernas. Sin una palabra Agustina salió y esperó en el auto.

—No les creo, no te creo, me tienes envidia —gritó Constanza cuando llegaron a la casa y Agustina le contó lo que había visto; lanzaba almohadas, libros, platos—. Es mentira, ¿por qué me quieres quitar esto? Ya sabemos todos que tú ves cosas que te inventas.

Algo se rompió entre las dos jóvenes. Constanza lloró toda la noche como no lo hizo tras la expulsión de Rafael. Parecía haber concluido un siniestro paréntesis; era otra vez la noche en que volvieron de la clínica, la noche que debieron pasar en vela, la madrugada en que nadie le acarició el cabello ni le dijo: Esto también pasará. No volvió al teatro. Ni siquiera a ver las obras en las que su tía diseñaba el vestuario. Siguió con su búsqueda febril, quizá para recuperar la intimidad perdida, los cuerpos ajenos, los círculos donde se compartían historias y humores. Sobre el teatro no dijo nada; cuando Paula amenazó con denunciar a la maestra le dijo: No te atrevas a avergonzarme así, no sabemos si Agustina vio lo que dijo que vio. Desde entonces Constanza se sumergió en rituales en los que parecía hallar consuelo: bailó en la plaza del Templo Mayor con grupos de jóvenes de torso desnudo y conchas atadas a las piernas; hizo ejercicios de meditación en el Espacio Escultórico de la UNAM; dibujó en el techo, sobre su cama, la pirámide masónica. Estaba perdida. Es el dolor, pensaba Paula cada vez que la veía con el cabello revuelto y los ojos extraviados en los restos de quién sabe qué sustancia, lejos de todos, de Cubilete 189 que una mañana la vio salir con un niño en la barriga y por la noche la vio volver hueca. Era el miedo, Constanza, la ausencia. No quería compromisos, prefería probar y probó de todo: pasó horas cociéndose en un temazcal, desnuda, acompañada exclusivamente por hombres para entrar en contacto con su lado masculino; se sentó al centro de un círculo, rodeada por gente que apenas conocía, y tras comer una hierba con sabor a tierra se dejó llevar dentro, muy adentro de sí misma, donde descubrió que su alma era de murciélago y tras pararse de manos comenzó a graznar algo que sonaba a: mamá. Todos intentaban no reírse de sus palabras, de sus manos pintadas con henna, del aire de superioridad con el que andaba por Cubilete 189; los hijos son así, medio idiotas, medio tiernos, qué se le va a hacer. A Paula aquello se le antojaba una cosa pasajera, como las adolescentes que se tiñen el pelo de negro y pintan las paredes de su cuarto del mismo color. Era difícil seguirle el paso, un día estaba muy comprometida con un grupo de mujeres que se reunían en Viveros para abrazar árboles y al día siguiente las llamaba burguesas ociosas. Colgaba frente a cada ventana de la casa cristales para evitar la entrada de las malas vibras y unos meses después se le olvidaba el asunto y decía: No sé cómo pueden creer en los cristales, esta casa lo que necesita es feng shui. Al principio la familia la secundaba en sus locuras, todos menos Agustina; rociaban sus sábanas con esencias de clavo y bergamota y se vestían de amarillo la última noche del mes sólo por complacerla. Su búsqueda parecía legítima, una inquietud acaso llegada de la abuela Loreto y sus abluciones con leche de cabra. Pronto se dieron cuenta de que lo que Constanza parecía buscar era superioridad. Ella y Agustina se distanciaban cada vez más, si es que alguna vez estuvieron cerca. Una noche, tras una pelea que casi llegó a los golpes, Agustina encontró bajo su cama un tazón con arena en el que descansaba una raíz de jengibre, sospechosamente parecida a una mandrágora: Tu inquilina ya se deschavetó, le dijo a su madre y tiró el hechizo por la ventana. Eras tan ingenua, Constanza. Su obsesión fue en ascenso; poco antes de irse de la casa para hacer un largo viaje, quiso tatuarse entre los senos una medialuna amarilla, símbolo de algún rango de sacerdocio femenino; su tía pudo convencerla de que no lo hiciera y dos semanas después decía que la intervención sobre la divinidad del cuerpo era una ofensa imperdonable.

LLEGA A LA PLANTA baja con un pie inhabilitado. Doce horas para la boda de Agustina. Mira desde abajo los escalones de madera oscura sobre los que han caminado durante décadas; ahí en el cuarto escalón, si se cuenta desde abajo, Leonel se abrió la frente y todavía lleva la marca entre las cejas, casi se murió del susto cuando lo vio caer del triciclo e incrustar la cara contra aquel tablón; más arriba puede verse la mancha parda donde Agustina derramó el aceite hirviendo que usaba para diluir pintura. Las piernas de Paula ya no sirven para subir por ahí, ésos son escalones para pies, no para erizos blancos. El piso de arriba ya le es inalcanzable. Quizá con una cuerda, o reptando sobre las paredes, podría volver a las recámaras, al estudio. Lo ve difícil, su universo se ha cortado en dos: arriba y abajo. De cualquier modo, arriba ya no le interesa nada, ¿qué le hace falta? Una puerta se cierra de golpe. Se asusta y luego sonríe: le gustan esos portazos inexplicables que se escuchan en las casas seniles, el sonido de los pasos en los pasillos varicosos. Es el aire, es la madera que cruje, aprendemos a decir. Escucha abrirse la puerta del garaje. Alguien llega. La pierna le pesa como un bulto de cemento, las agujas blancas se le extienden por la pantorrilla, ondean, crecen.

Con trabajo llega hasta la puerta y pone el seguro justo cuando Agustina mete la llave en la cerradura. La mira a través de los vitrales de la puerta.

—¿Qué haces? ¿Por qué estás encuerada?

—No entres.

Agustina no contesta, pero no puede dejarla ahí, es momento de mostrarse, ha tenido ya bastante suerte de que un día antes de la boda no haya pasado nadie por la casa. Tal vez es buena idea estar acompañada.

—Ve por atrás, por el jardín.

No sabe si cubrirse con algo o presentarse así. Tiene que moverse, de la rodilla para abajo su pierna es ya un arbusto de agujas y pesa cada vez más. Arrastra la pierna hasta la cocina, frente a la salida al jardín. Siente el corazón golpear, no sabe si por el esfuerzo o porque se acaba. Agustina está por rodear la casa y verla. La cosa comienza a ser real. ¿Y si entra y no ve el moho? ¿Qué será peor, que lo vea o que no exista? Se golpea el pie, o lo que fue el pie, contra la pata de una silla; se desprenden cinco agujas chorreando un líquido blanco; por un momento ve dos de sus dedos —verdes, pero humanos—, dos de sus uñas, y luego, en un instante, quedan cubiertos de nuevo por la vegetación. Al menos debajo de aquello está completa. Agustina se acerca y se detiene ante la puerta de cristal, sin abrirla, sin cruzarla. Sus ojos parecen crecer casi ocupándole toda la cara, es el único indicio de sorpresa: la bebe con la mirada, como a una pintura, como si intentara distinguir la fuerza e intención de las pinceladas. Agustina no entra. Paula no sale. Ninguna intenta abrir la puerta.

—¿Qué te pasó?

Agustina se deja caer sobre el escalón que separa la cocina del jardín, su madre se sienta junto a ella, con el cristal de por medio, sobre las baldosas heladas.

—Moho.

El sol comienza al fin su descenso tornándose anaranjado, moribundo, mientras la hija recorre con los ojos el cuerpo de la madre, un cuerpo de raíz, de tronco. La tarde encendida parece arrebatar los colores a las plantas que se agitan, despacio.

—¿Estás así por mí? —pregunta Agustina.

LA NOCHE DEL ACCIDENTE, Paula no hizo muchas preguntas. Lo importante era actuar, y rápido. Quitarse de enfrente semejante atrocidad. No preguntó porque no quiso, la cosa estaba clara. Las pistas, todas, todavía hoy en su cabeza. Llegó a la casa cerca de las ocho; las luces estaban apagadas. Escuchó música que salía de la cocina. Llamó, nadie respondió. Alguien habrá olvidado apagar el estéreo. Fue hasta el teléfono y reprodujo los mensajes: el primero era de trabajo, el segundo era de Felipe avisando que pasaría esa noche por Cubilete 189, después de las once, a recoger lo que quedaba de su ropa. Tenía hambre. El comedor y la cocina iluminados a medias por las luces automáticas del jardín que bañaban el pasto y las baldosas de la cocina. Todo un lado de la mesa del comedor cubierto por fotos de Constanza cuando niña y su sonrisa olvidada, sin reproches, sin ausencias. La música, esa música persistente, una llamada en voz alta: ven. Ella quería seguir viendo las fotos, pero la música la hizo caminar hasta la cocina. Al principio no pudo ver nada fuera de lo común. Luego vio que la puerta del jardín estaba abierta, se acercó y las descubrió: Constanza desplomada sobre el piso, el cuerpo en el pasto, la cabeza sobre el escalón que daba del jardín a la cocina. Agustina sentada a su lado, las piernas encogidas, el cabello sobre el rostro, tarareando la canción que para entonces se volvía insoportable.

—¿A qué juegan? —preguntó sabiendo que la mancha en torno a la cabeza de Constanza no era ni su pelo ni el tapete—. ¿Agustina? —murmuró. Estaba rara ahí, encogida como un gnomo.

Agustina levantó la cara y la vio sin verla, volvía de un lugar añejo. Tres gruesos rasguños en su mejilla. Cuando al fin pudo reconocer a su madre sonrió. Paula quiere olvidar esa sonrisa. Tuvo frío. Sus dos hijas en el piso: una enredada y la otra rota; la música, la mesa del comedor con el peso de las fotos de otro tiempo, otra vida, y a su espalda la casa oscura.

—No podemos quedarnos así. Leonel no tarda en llegar.

Agustina no la escuchaba. Paula quería salir del trance, actuar rápido, antes de que algo más tomara control: esto tiene que quedar entre nosotras. Quiso sacudir a Agustina para hacerla regresar, pero para llegar a ella tenía que pasar sobre Constanza y aquello era demasiado. Se quedó donde estaba.

—¿Qué pasó?

Su hija volvió a sonreír de aquel modo primitivo. El cabello enredado; las manos, dos garras.

—Discutimos —dijo al fin—, llegó súper trastornada, se metió algo, ¿crees que ya está bien? ¿Ya la despertamos?

Estaba claro que Constanza no iba a levantarse.

—Es que discutimos. La empujé. Me pone loca. Se había metido algo.

Qué está pasando. Paula quiso convencerse de que soñaba. Rafael estaba acurrucado sobre el pecho de su madre. Agustina, su Agustina, en el pasto, canturreaba con la música.

—Despierta, por favor, despierta.

—Estamos despiertas, mamá.

—No, no estamos.

—HAZTE A UN LADO, voy a entrar.

Se levantan. Agustina abre la puerta de cristal, pasa junto a su madre sin tocarla, sin mirarle las piernas, las raíces, y va hasta el refrigerador. No encuentra más que la rueda de queso, el vino, las seis manzanas.

—¿Ya no comes?

—No he tenido tiempo.

—Mamá, ¿qué te pasa?

—No sé bien.

—¿Llamaste a alguien?

Paula se acerca para abrazar a Agustina porque llora, se acerca y tiene miedo de que la rechace, no quiere que la vea arrastrar la pierna, ya le es muy difícil caminar, el otro pie se hace pesado y de las rodillas hacia abajo no puede adivinarse su antigua forma humana. Agustina está pálida, parece que va a desmayarse.

—¿Te duele algo?

—Nada. Es el peso. Creo que pronto ya no voy a poder moverme.

Agustina llora contra el pecho de su madre, niña pequeña, asustada, y la abraza como nunca antes la ha abrazado porque casi nunca la toca, se da cuenta ahora y sabe que ha pasado años sin tocarla. Al separarse, el vientre de Paula se ha enmohecido.

—¿Y mañana? ¿Qué va a pasar con la boda?

—No sé, Agustina, todavía tenemos tiempo.

—¿Para qué?

—Para algo.

—AGUSTINA, LEVÁNTATE —dijo, intentando que su voz sonara severa—. Tienes que levantarte.

—Que se mueva ella primero —contestó. Con la punta del pie le dio un empujoncito a la pierna de Constanza—. Ya oíste, muévete. Te digo que otra vez se metió algo antes de venir, la vi rara, como con sueño, arrastrando las palabras. Además no me entendía muy bien. ¿Se habrá quedado dormida? Constanza, muévete, chingadamadre. No le hagas caso, mamá, ha de ser uno de sus teatros, ¿te acuerdas cuando dejó de hablar por tres semanas?

Agustina se incorporó y jaló las dos piernas de Constanza.

—Ya párate, carajo, que estás asustando a mi mamá —de un jalón le sacó el zapato.

Le daba miedo esa Agustina que acercaba el dorso de la mano a la nariz de Constanza para ver si respiraba. Las dos tenían rasguños en la cara, en los brazos; una larga línea roja recorría el cuello de Agustina desde la oreja hasta el pecho, la blusa de Constanza estaba desgarrada y entre los dedos tenía un mechón de pelo negro.

—¿Y ésta ahora qué está haciendo? —las sobresaltó la voz de Leonel, parado en la puerta de la cocina.

—¿Quién? —gritó Felipe desde el comedor—. ¿Por qué tienen todas las luces apagadas?

Alguien gimió por lo bajo. Los cuatro se quedaron inmóviles, como si Cubilete 189 fuera a hacerles un retrato.

—Por favor, díganme que se cayó —Leonel sujetaba el brazo de su padre, quizá para no desplomarse, o para evitar que Felipe huyera.

Nadie habló durante un rato, segundos, horas, depende de la narrativa personal de cada uno. Felipe fue el primero en volver en sí, le ofreció una mano a Agustina y ésta saltó hacia atrás, entonces el viejo se inclinó sobre Constanza.

—No la toques.

—No podemos dejarla aquí.

Entonces entraron los perros y dieron varias vueltas en torno al cuerpo caído; uno de ellos, tímido, comenzó a lamer el charco.

—Fuera —ordenó Leonel y los perros salieron.

Felipe buscó con los dedos el pulso de Constanza y al no hallarlo clavó los ojos en su hija. Agustina dejó escapar un gemido ronco.

—Hay que quitarla del paso —Felipe habló, despacio.

Despierta, por favor, despierta.

Nadie se movió.

Felipe tomó a Constanza por los tobillos, cuidando de hacerlo sobre el pantalón para no tocarle la piel.

—¿A dónde la llevamos?

—Al jardín.

Sin pensarlo mucho y con la mirada en Agustina, quien casi gruñía al ritmo de la música que aún llegaba desde quién sabe dónde, Paula se acercó a la joven y la sujetó de las muñecas con cuidado de no pisar la mancha oscura que enmarcaba su cabeza.

—¿Estás seguro?

—Claro que no.

Era más pesada de lo que imaginaban y tardaron mucho en transportarla; a Paula el jardín se le hizo interminable, los rizos rojos de su sobrina barrían el pasto y los pisó por accidente, la cabeza cayó hacia atrás, como si la mirara. Rafael seguía acurrucado en el pecho de su madre y Paula se concentró en evitar que se cayera.

—Leonel, la pala —dijo Felipe cuando alcanzaron la barda del fondo y dejaron a Constanza sobre el pasto.

—¿Y yo por qué? —preguntó Leonel, muy cerca de su hermana, sin atreverse a tocarla.

—Trae la pala —dijo su madre. No reconocía a sus hijos.

Casi con desidia, Leonel sacó la pala de un tambo detrás de las casas de los perros; éstos, al oír el ruido, intentaron acercarse, pero otra orden de su dueño los mantuvo a distancia; caminaban de un lado a otro del jardín, desde la barda hasta la puerta de la cocina, los ojos clavados en Constanza; chillaban, ¿comprendían?

Felipe tomó la pala y la clavó en el pasto.

—Creo que ahí mismo enterramos al Tomás —dijo Leonel, otra vez al lado de su hermana.

—¿Habrá profundidad suficiente?

—Hay al menos dos metros de tierra hacia abajo, antes de llegar a la piedra —murmuró Felipe y comenzó a cavar.

Avanzó lento, el hoyo tardó mucho en ganar profundidad. Agustina se acercó hasta quedar junto a su madre, quien tuvo que alejarse unos centímetros para no tocarla. En poco tiempo Leonel relevó a su padre; cavó en silencio, su camisa blanca quedó cubierta con manchas de lodo y pasto. Cuando el agujero tenía unos cuarenta centímetros de profundidad, de entre la tierra asomaron los huesos y el collar de un perro.

—Qué les dije, este lugar ya está ocupado —murmuró Leonel. Con mucho cuidado juntó los huesos y los envolvió en su chamarra, luego siguió cavando. Cuando se cansó, el agujero ya era hondo; Paula saltó dentro, le llegaba hasta las nalgas; las piernas no tardaron en quedarle cubiertas de tierra.

—Ya es suficiente —dijo Felipe.

—No, más profundo —dijo Agustina.

Felipe volvió a cavar y ahondó el hoyo hasta que Leonel le dijo que parara y le ayudó a salir.

—¿Cómo la bajamos? —preguntó Felipe, quien hablaba cada vez más despacio.

—Ruédala —dijo Agustina y al fin se rompió en una risa helada. Leonel se acercó a ella, la rodeó con un brazo y le tapó la boca con la mano.

—No la vayas a ahogar.

Sus padres, para no verlos, se apresuraron a acercar a Constanza al borde de la fosa. Él se dejó caer dentro y con mucho cuidado, como si cargaran el cuerpo de un bebé, la fueron deslizando hasta dejarla acostada en el fondo. Paula quiso traer un vestido lindo para enterrarla: no lo hizo. Felipe le acomodó el pelo en los hombros, detrás de las orejas, dijo algo en voz muy baja y se inclinó para darle un beso en la frente. Agustina se liberó del abrazo de su hermano y volvieron a oír, con la música, sus carcajadas. Leonel fue el único que lloró cuando Felipe echó la primera palada de tierra, fue el único que pensó en que deberían echar cal. Paula alcanzó a ver a Rafael, acurrucado en torno al cuello de su madre, con los párpados cerrados y moviendo brazos y piernas, golpeando su cabeza contra la oreja de Constanza como un becerro que quiere leche.

Sentados en la mesa de la cocina, miraron los vasos con güisqui que Leonel repartió. Sólo él bebía, iba ya por la tercera copa.

—Es mi culpa —dijo Felipe y tomó la mano de Agustina.

—Claro que es tu culpa, ¿de quién va a ser si no? —escupió ella y retiró la mano.

—¿A qué vino? —preguntó Felipe.

—A joder —dijo Agustina.

—Pues le salió rebién —Leonel sonrió y dejó escapar dos chorros de líquido ambarino entre los dientes—. Estamos todos jodidos.

—Se callan, los dos —Paula le dio a Leonel una servilleta para que se limpiara la cara.

—Ella empezó.

—No, empezó él —dijo Agustina señalando a su padre con la cabeza.

—¿Qué quería? —insistió Felipe.

—¿Qué más da, papá? —Leonel se embriagaba con rapidez, o se desdibujaba.

—Hablar conmigo. Decirme que no podía creer que no la invitara a mi boda, si ésta era su casa. También me dijo que tú eras un degenerado y que mamá una psicótica.

—Mejor ya cállate —Leonel llenó su vaso y el de su padre.

—Él preguntó.

—¿Algo más? —Felipe tomó un cigarro de la cajetilla que Leonel había puesto al centro de la mesa. Llevaba veinte años sin fumar.

—Que mamá la obligó a abortar hace como miles de años.

—Ya mejor se callan o hablemos de otra cosa —Leonel era cada vez más un niño asustado.

—¿Es todo?

—¿Qué quieres que te diga, papá? ¿Que vino a buscarte o a decirme que te quería o qué chingados?

—Agustina, o te callas o te callamos —Leonel cerró los ojos.

—¿Eso quieres, viejo? ¿Consuelo? Pues no hay, para nadie.

Leonel se levantó y de la chamarra que tenía en los muslos cayeron los huesos del Tomás.

—Mejor nos vamos a dormir —dijo, recogiéndolos.

—No te quiso, papá, ni a ti ni a nosotros. Sólo quería a mamá. Y mira cómo quedamos.

Leonel golpeó a Agustina en el hombro y ella se puso en pie de un salto, tenían media vida sin pelearse a golpes.

—Quietos —gritó su madre y los dos se congelaron, hasta entonces les cayó encima el peso de la noche.

Los hijos subieron a acostarse; Paula escuchó a Leonel preguntarle a Agustina si él y los perros podían dormir con ella y los cuatro se encerraron en el invernadero.

LE PESA LA CABEZA. Esa cabeza que ya no es verde ni amarilla. Sus manos ya no son sus manos ni las de nadie porque
no son manos. No puede ver con el ojo derecho; una mem-
brana de moho se lo ha sellado y sobre ésta crece la vegetación antes enemiga, ahora solamente inevitable. No sabe si
habla o piensa. La energía va y viene. Se distrae. Su cerebro
tiene ya algunos filamentos. La joven frente a ella la mira. Le
pide que se acerque.

—¿Cómo te llamas?

Siente miedo y siente asco.

—Agustina, mamá, Agustina.

Asiente y luego: lo ha olvidado.

Agustina.

Baja la vista.

—¿Cómo?

Rafael abre los ojos. Los dos. Grandes, todo el párpado, y
los mueve de izquierda a derecha. Pero Rafael está enterrado. No quisiera llorar. No tiene ganas. Si no ha hecho nada
en todo el día. Espera. Nadie puede verla. ¿Desapareció? Ni a
ella ni al moho. ¿Cómo saber que existe si nadie la toca? Con
la luz llega, progresiva, la realidad. Agustina la arrastra hasta

el bambú y la oculta entre las ramas. Abre los ojos: hombres tapan el sol con un techo de lona. Sobre el pasto una plancha de madera. Dónde termina ella, dónde comienza el pasto. Va y viene sin moverse. ¿Es Constanza la que entra por la puerta?, pensó que no vendría. Una joven con su cara, vestido blanco, la besa. Amanece. Está en el jardín. Está en la ventana, como siempre. Está en el baño. Se mira en el espejo. Descubre un lunar, bordes verdes, afelpado al tacto.

3

INÉS APARTÓ LA MIRADA del espejo, aún cubierto de pintura, y un suspiro escapó de sus labios mientras recordaba las historias que su madre solía contarle sobre su abuela, Paula. Aquellas narrativas, tejidas con nostalgia y misterio, resonaban en su mente como ecos lejanos de un pasado oculto entre las sombras de Cubilete 189. Cada imagen reflejada en el espejo parecía ser un fragmento de un relato más amplio, un testimonio silencioso de los secretos que habían habitado esas paredes mucho antes de que ella naciera. Y mientras contemplaba su propia imagen distorsionada por la pintura, Inés no pudo evitar preguntarse qué verdades se ocultaban detrás de las apariencias, qué misterios aguardaban en las sombras de su historia familiar. Qué marcadores había dejado su madre en aquel mapa que era el libro.

La pintura verde sobre su cuerpo la hizo pensar en el moho, en la transformación, en eso que Agustina no había querido que supiera, pero que Inés había descubierto de cualquier modo. La última noche de la abuela. O lo que su madre había escrito sobre la última noche de Paula.

Tuvo miedo: había roto otra de sus reglas, se había apropiado de un espacio que era de los que no estaban, había alterado una laguna cubriéndola con su presencia, había anulado la posibilidad de que en ese espejo se reflejara otra vez Agustina. Con las manos moteadas de tinte buscó algo de ropa que le cubriese los rasguños en las piernas, en el cuello, en la espalda. El miedo no duró tanto como pensaba, quizá haber atestiguado el desollamiento de un podrido la había colmado de terror y ya no era capaz de sentir mucho más, quizá fuera que dibujando era libre de poner un límite al espacio —a lo que faltaba—, de ocupar aquello que amenazaba con tragarla. Ahora el espejo era suyo, no de Agustina, ahora asomaba entre la pintura su propia ceja, su clavícula, sus orejas.

Era momento de irse apropiando de algunos espacios para que dejaran de estar vacíos, ocuparlos, crecer dentro de su residencia como crecía dentro de su cuerpo, como comenzaba a extenderse desde adentro y a llenar sus dedos, la punta de su nariz, sus pezones.

Luego pensó que tal vez era temprano para tanto: tenía hambre, tenía sueño, tenía diez años, una casa agraviada y un hermano otra vez dormido en el sillón de la sala. Bajó a sentarse junto a él, demasiado cansada para dormir, muy distraída como para cuestionar que en la mesa frente al niño había dos platos: uno vacío, otro con una pasta que aún estaba tibia. Inés se sentó a comer y al terminar se acurrucó junto a su hermano, mirando hacia un espacio blanco en la pared, tratando de perderse en su vacante.

En medio de la penumbra onírica, entre el susurro del cansancio que la envolvía, Inés percibió el andar metálico de la autómata acercándose para recoger los platos de la cena. Sus movimientos, carentes de toda emoción, la llevaron hacia la cocina, donde se sumergió en sus labores dedicada a los cuidados más básicos. Su presencia era un eco mecánico, una estela de la rutina que sostenía la vida de los niños, como quien riega una planta para mantenerla viva.

DESDE QUE CHOLO le habló a Pepe de los podridos, el hombre decidió que no quería seguir siendo un habitante de la noche, que deseaba volver a dormir, regresar al día. Y el xolo le había ofrecido entonces un trato: si lo ayudaba a hacer que las pieles de los podridos llegaran a donde tenían que llegar y asistía a Inés para que cumpliera su objetivo de entrar en contacto con las máquinas de Miranda, entonces, haber matado a un árbol le sería perdonado, permitiéndole regresar a la luz del día. Aunque odiaba que el perro le hubiera encargado esa tarea, el miedo al xolo le impidió negarse. A las tres de la mañana, se ajustó el reloj y dejó el sillón donde no estaba durmiendo para arrastrar los pies hasta el canal.

Al acercarse trató de convencerse de que aquélla era una de sus caminatas nocturnas, como cualquier otra, una en la que sus pasos lo habían llevado por casualidad hasta el canal de los patos para ver los lirios que crecían en las orillas, no un mandato del perro calvo de la cuadra.

Caminó lento, esperando convencerse de no hacerlo, juntando valor para regresar a los columpios del parque a decirle: No lo hago, yo no puedo.

Sí lo hizo, sí pudo.

Avanzó hasta el final de la pista de arcilla hasta donde el xolo le indicó y desde arriba alcanzó a ver la cubierta dérmica descartada, como la piel de una serpiente que ha mudado: lisa por fuera, porosa y moreteada por adentro. Con un palo la movió, tratando de no acercarse, de no olerla, y al levantarla vio que aún tenía los pies y las manos unidos al tejido: todo lo demás había sido desprendido.

Temblando la movió hacia el agujero que Cholo le había dicho que encontraría, un círculo en el lodo que parecía haber sido recién excavado. Se preguntó cómo habría conseguido el perro trazar ese círculo casi perfecto y por qué no había de una vez metido él la piel entre la tierra.

No quiso saber cómo había llegado ahí el pellejo, cómo sabría el perro que ahí lo encontraría. No quiso saber nada porque ya sabía más de lo que quería. Con el palo llevó el colgajo hasta el agujero; muchas veces se le cayó, jalado hacia el piso por el peso de los pies, de las manos que conservaban su volumen, de los dedos que parecían moverse cuando los tocaba con el palo.

Pensó entonces que no había venido preparado, que el perro había debido pedirle que llevara un pico para cavar. ¿Cómo esperaba que enterrara ese atavío dérmico en la tierra? Pepe se enorgullecía de tener la herramienta precisa para cada tarea manual a la que se enfrentaba, era un hombre de oficio, tanto en la casa como en la cocina: tenía niveles, llaves, moldes y cuchillos para cada minucia que lo requiriera. Y ahora estaba ahí, con las botas de casquillo medio hundidas en el lodo, usando una rama para mover un pellejo putrefacto.

Quizá el perro no había pensado en la herramienta porque él cavaba con las patas, pero Pepe no estaba dispuesto a ponerse de rodillas en el suelo para abrir el hoyo con las manos.

Dejó la piel en el centro del agujero y miró a su alrededor para ver qué podía encontrar que le sirviera como pala. Escondida entre la maleza alcanzó a ver una placa de metal que podría serle útil y se acercó para descubrir que era una máquina que alguien había abandonado en el canal. No quiso acercarse, caminar solo por las noches le había enseñado que la curiosidad no era deseable si buscaba continuar con su libertad de movimientos. Volvió hacia el agujero y lo vio moverse muy despacio, abrir su esfínter y tragarse el pellejo.

MARGARITA HABÍA NOTADO sus zapatos destruidos desde el momento en que Inés había cruzado la puerta de la escuela. No estaba segura si la había delatado el rechinido de las suelas encharcadas o la peste a agua puerca que despedían sus calcetines. Diego estaba furioso con ella por desaparecerse, por dejarlo solo con la autómata, por no respetar una sola de las reglas que habían establecido: no le había dirigido la palabra en todo el camino desde casa y a Inés le había caído bien el silencio, para planear lo que diría si era descubierta.

Esperaron el momento en que entrara un ruidoso grupo de niñas a la escuela para tratar de colarse entre ellas, perdidos en el arroyo de cabezas cuchicheantes. Margarita los vio venir y en la cara de Inés descubrió lo que necesitaba: algo había pasado, la niña estaba pálida, ojerosa, y tenía rasguños en la cara mal disimulados con maquillaje.

Se recriminó el tiempo de silencio, la ilusión de que Diego e Inés estaban bien, las veces que se había arrepentido de notificar a las autoridades la situación de los pequeños. Pero ¿a qué autoridades iba a notificar? ¿Quién iba a cuidarlos? ¿Qué harían con ellos? ¿A dónde iban a mandarlos? A una prisión para pequeños disfrazada de orfanato, seguramente, donde, ella sabía, los horrores eran cotidianos. Por eso había decidido que estaban mejor en su casa, en sus camas, con sus cosas.

Durante décadas trabajando en la primaria, Margarita había sido testigo de numerosos casos de niños que atravesaban circunstancias familiares complicadas. Recordaba a un Alejandro, cuyos padres cruzaron la frontera y lo dejaron con su abuela cuando tenía sólo seis años; a una Laura, cuya madre luchaba contra una adicción al alcohol. Había visto a familias enteras enfrentarse a la pobreza, a la violencia doméstica y a la pérdida de seres queridos. Aunque los niños parecían aguantar, aparentemente inmunes a las dificultades, Margarita sabía que por dentro se iban fragmentando, que sus mentes se agrietaban bajo el peso de las decisiones que se tomaban sin ellos y sobre ellos.

De los rasguños en la cara de Inés bajó al resto de su cuerpo, pero no pudo ver nada: la niña iba con pantalones, con manga larga. Y así llegó con la vista a los zapatos. Todo en dos segundos, mientras los pequeños se acercaban a la puerta.

Quiso tomarlos de las manos y arrastrarlos hasta su oficina: qué les pasó, quién les hizo esto. Pero Diego no parecía afectado: ropa limpia, pelo peinado, mochila en los hombros. Decidió que no llamaría la atención de Inés ahí en la puerta, temía que la niña huyera antes de haber entrado, que se le escapara y la dejara sin posibilidad de ayudarla, sin respuestas. Dijo buenos días y los miró entrar aliviados y caminar hacia sus salones.

Una vez que todas las clases hubieron iniciado fue hasta el salón de Inés y pidió hablar con ella. La niña caminó junto a Margarita hasta su oficina y ella tuvo que admirar su temple: avanzaba como si no tuviera la cara tasajeada, como si no le rechinaran los zapatos que dejaban tras de ella huellas mojadas de agua puerca.

—Deja los zapatos afuera —dijo Margarita cuando llegaron a su oficina. Inés se agachó a sacarse los zapatos empapados—. Y también los calcetines.

Entraron e Inés se sentó en silencio. Nunca había estado en la oficina de Margarita: se había cuidado mucho de no caer en faltas que la llevaran a esa silla en la que ahora estaba. Margarita le ofreció un puño de galletas de animalitos y le preguntó si quería agua, si quería te.

—Si tiene café, le acepto uno —dijo la niña con calma, como si no estuviera descalza en la oficina, analizando la planta artificial en la ventana, los tres pares de lentes, la computadora prehistórica en el escritorio.

Margarita le sirvió el café y se sentó en silencio frente a ella.

Inés remojó una galleta en el café, luego otra, y así hasta comerlas todas. No iba a ser la primera en hablar. Había miles de razones posibles por las que Margarita podía haberla llamado, no iba a cometer el error de dar información que nadie le había pedido.

Margarita sacó de su bolsa un paquete de toallas húmedas y le extendió una a Inés.

—Quítate el maquillaje, pareces muerto resucitado.

Inés se limpió la cara sin discutir.

Margarita sacó su silla de detrás del escritorio y la acercó a Inés, sacando de su bolsa su estuche de maquillaje, y con mucho cuidado fue cubriendo las magulladuras en la cara de la niña.

—¿Te duele?

—Un poquito.

—¿Te las limpiaste?

—Sí, anoche.

—Cuando regreses a tu casa te las vuelves a limpiar. Y ya no salgas. Te vienes temprano y te pongo el maquillaje antes de que lleguen los demás.

Inés estudió la cara de Margarita, tan cerca de la suya: el pelo pintado de rojo profundo, las pestañas postizas como gusanos sobre sus ojos, el aliento con olor a café. Tuvo que contener las lágrimas, hacía tanto que nadie la tocaba con cariño, que nadie la cuidaba. Sintió las manos de Margarita, rasposas y con olor a detergente, pero mucho más suaves que las manos de la autómata.

—No llores porque se te corre el maquillaje, no es contra agua.

Cuando Margarita terminó, le prestó a Inés un espejo para que viera cómo había quedado.

—No se nota nada.

—Tengo experiencia.

—¿En tapar golpes y rasguños?

—Si quieres te enseño, para que lo hagas sola.

—Mejor llego temprano y me ayuda —dijo Inés, atreviéndose a buscar un poco de asistencia, con ganas de volver a olerle a Margarita esas manos de lija y de cuidado.

Margarita no sabía qué preguntas hacer, temía que la niña se cerrara, que no volviera a la escuela, que decidiera que el riesgo de ser descubierta era demasiado. Le dio otro puñado de galletas y salió un momento. Inés aprovechó para servirse más café, para sentarse en la silla de Margarita, para oler su suéter y enredarse entre los dedos un par de pelos rojos que encontró pegados en el respaldo de la silla.

—Mira, ponte éstos —le dijo Margarita al regresar, extendiéndole un par de zapatos negros, viejos pero secos, y unos calcetines blancos con un holán de tul en la parte superior.

Inés se puso los calcetines. Le encantaron. Nunca había tenido unos como ésos. Sintió los zapatos un poco flojos —la dueña anterior debía haber tenido el pie más gordo—, pero le quedaron y estaban secos.

—Necesito que me digas si tengo que ayudarte.

—No.

—¿Me dirías si lo necesitaras?

—No sé.

Terminadas las galletas Inés regresó a su salón explicándole a la maestra que Margarita la había llamado para revisar sus calificaciones. La maestra asintió e Inés pensó que había conseguido engañarla.

SIMEONA TERMINÓ DE COMER y fue al patio de servicio a buscar una cubeta para limpiar la cocina y el estudio. Miranda había ido a la universidad y pasaría ahí toda la mañana, así que tenía tiempo para explorar la casa a su antojo, para buscar las señales que llevaba cincuenta años esperando. El tiempo se le acababa, sentía la muerte en cada dolor en las rodillas, en cada punzada en el pecho.

En el estudio de Miranda todo parecía igual; su sobrina había empezado a hacer espacio para traer a las máquinas de regreso, se acercaba la fecha de la exposición y había que ir afinando los detalles.

Sobre la mesa de trabajo, Simeona encontró un traje que parecía de piel curtida: era oscuro, liso por un lado, poroso en el anverso. Tenía una capucha que colgaba hacia la espalda, como el gorro de una sudadera. La capucha era, en realidad, una peluca, conformada por espirales de cabello pintadas de color turquesa.

Simeona levantó el traje y le sorprendió su peso, luego vio que de las cuatro extremidades colgaban las manos y los pies: enteros, con su carne y con sus huesos, con sus uñas, cortadas en la articulación donde se exhibía el blanco hueso trunco.

Era una pieza muy realista: las manos tenían uñas; los pies, rasguños y talones craquelados, huellas del camino, de la vida. Sobre el pecho la piel tenía una costura y por la espalda largas tiras para atarla, como si fuera un disfraz, un traje que se porta sobre el cuerpo. No parecía obra de Miranda, quizá estaba ahora colaborando con alguien más. El traje le recordó a Lucy Orta, una británica reconocida por sus obras colaborativas que exploran la identidad, la comunidad y las problemáticas sociales. Sus piezas, como los "Soundsuits" de Nick Cave, difuminan las fronteras entre la moda, la escultura y la performance, sirviendo como pieles transformadoras que desafían las nociones convencionales de identidad y normas sociales.

Un ruido en el patio de servicio la sacó de su admiración y antes de salir a ver qué era, tomó de la bodega tres latas de pintura en aerosol. Abrió la puerta y encontró a Inés descolgándose de la barda.

—Ya fui a ver la máquina del canal de los patos —dijo, como si hubiera acordado encontrarse ahí con Simeona.

Simeona le estiró las latas de pintura y la niña las tomó y las metió en su mochila.

—Y ¿qué piensas?

—Que es de mala suerte.

—¿Qué viste?

—La primera vez: la pura máquina. Después no sé qué vi. Pero alguien más ha estado husmeando, hicieron un agujero ahí junto. Vine a avisarle para que esté pendiente, que no se la vayan a robar, alguien más sabe que ahí hay algo.

—¿Dónde viste el agujero? ¿De qué tamaño era?

—Así, como de mi tamaño, si me acuesto —dijo Inés, ya volviendo a treparse a la barda.

—¿Dónde estaba, exactamente?

—Juntito de la máquina. Si lo hacen más profundo seguro que se la traga, dígale a quien la hizo que hay que moverla de ahí o se va a perder. Gracias por la pintura.

—¿Quieres que te lleve a ver otra? —preguntó Simeona.

—Bueno.

A LA MAÑANA SIGUIENTE llegaron muy temprano a la escuela, Diego iba furioso por la prisa, pero Margarita le había insistido en que llegara antes que nadie. Les abrió la puerta de la escuela y mandó a Diego al comedor a desayunar conchas con chocolate con Lupita, la señora de intendencia. Con las conchas y la compañía, con la risa de Lupita y los abrazos que le dio, a Diego se le quitó el enojo. Margarita maquilló de nuevo a Inés, estableciendo así el ritual del café y las galletas por las mañanas.

—Hoy va a venir por mí una tía —dijo Inés, atreviéndose a romper su reglamento, a mentir, para poder irse con Simeona a ver una máquina.

—¿La conozco?

—No. Mi hermano se va a ir caminando solo a la casa.

—¿Sabe llegar bien?

—Claro, ya está grande.

—¿Esa tía te hizo los rasguños en la cara?

—No.

—Si mañana llegas tarde, o si llegas lastimada, voy a tener que dar aviso.

—Voy a llegar temprano, como siempre.

A medida que Inés y Margarita cerraban su encuentro en la oficina de la escuela, el peso de la responsabilidad se cernía sobre los hombros de la niña. Con un último vistazo a su reflejo recién maquillado, Inés abandonó la oficina de Margarita y se adentró en el bullicio de la escuela, donde la normalidad de las clases y las risas infantiles parecían ofrecer un refugio momentáneo.

Inés y Simeona bajaron de la Bronco amarilla y caminaron unos metros hasta la reja de una casa vacía cerca de Río Churubusco. Simeona abrió la reja, que rechinó como si las saludara.

—Allá está, al fondo —dijo y se sentó en una cubeta volteada cerca de la reja, dando la espalda a la niña y a la máquina empolvada.

Inés se acercó con cuidado. Esta máquina era más pequeña y parecía estar inmóvil, pero ya no se confiaba de esos aparatos, sabía que en cualquier momento iba a activarse, que en cualquier instante iba a morderla, a lengüetearla, a escupirle algo. Los rotores estaban detenidos en letras que no forman ninguna palabra, al menos no una que ella conociera.

Le sudaban las palmas, ya había roto demasiadas reglas en muy poco tiempo: había dejado a su hermano con la autómata; había ido con los zapatos destruidos a la escuela; había dicho que una tía lejana había venido a visitarlos. Todo para poder subir esa tarde a la Bronco con Simeona, a plena vista de Margarita, amenazando con los ojos a su hermano para que quitara la cara de susto, de sorpresa, de abandono.

—Te voy a acusar —había susurrado Diego, al despedirse.

—¿Con quién? ¿Con la autómata?

Inés no había podido resistirse. En la caja de la Bronco amarilla Simeona puso doce latas de pintura nuevecitas con sus válvulas intactas, un cubrebocas para no aspirar los vapores de pintura, unos cartones y una navaja para cortar esténciles.

—Todo tuyo —dijo y fue suficiente para que la niña se montara en el asiento delantero.

Tantas precauciones, tantas amenazas a su hermano: nunca te subas al carro de un extraño; nunca te vayas con alguien que no conoces; nunca le creas a alguien que te diga que yo lo mandé a buscarte. Y ahí estaba ella metiendo la mano en una máquina maldita, lejísimos de su barrio, en una calle que sólo había cruzado una vez, con Diego y Agustina, el día en que se mudaron a Cubilete 189.

Y como si la escuchara, la máquina se encendió con un ruido de aspiradora como queriendo chupar el aire y el polvo y la vida de su entorno. *Vacío. Omisión. Falta.* Inés tenía mucho miedo, pero ya no recordaba qué era estar tranquila. El miedo era bueno para el grafiti, así que sacó la pintura de la caja, agitó las latas, cortó los esténciles en el cartón y se puso a trabajar en una pared vacía. Era rápida, tres o cuatro trazos para delinear la figura, movimientos cortos para el relleno, largos latigazos del brazo para el delineado, presión precisa sobre la válvula para el esténcil.

—¿Por qué siempre pintas la misma cara, el mismo cráneo?

—Porque me gusta. Y me da miedo. Porque se parece a la portada del libro de mi madre —contestó Inés, firmando con su etiqueta al terminar la pintada. No sabía si al poner ahí sus INZs extendía hasta allá el perímetro de su territorio, si su dominio sobre la ciudad crecía.

Cuando se acercaba a la máquina aspiradora sentía el vacío que succionaba su ropa, su pelo, su ánimo hacia ella. Esta máquina le daba menos miedo, le parecía menos agresiva, hasta que se le ocurrió que aspiraba con suficiente fuerza como para tragarse a los nictibios, a las lagartijas espinosas, a las polillas que cruzaran por su rango de succión. Puso su mano sobre el tubo aspirador y sintió cómo la jalaba, la fuerza no era suficiente como para atraparle la mano, pero sí para arrancarle un trozo de ropa. Lo que le faltaba: más propiedad dañada. Dejó que la máquina chupara unas hebras de pelo rojo que traía enredadas en los botones. Terminada la pieza, Inés y Simeona volvieron a subir en la Bronco amarilla. Inés no quería dejar ahí la máquina aspiradora, no quería alejarse. Simeona le propuso pasar por algo de comer, pero Inés estaba muy preocupada por su hermano: quién le iba a ayudar con la tarea, quién lo iba a acompañar mientras se ponía el champú en la regadera. La autómata no servía para eso.

—Sabes, Inés, Miranda es como tú —dijo Simeona, sus ojos brillando con una mezcla de admiración y sigilo—. Ella hace estas máquinas, estas obras que son como ventanas a otros mundos, como puentes entre lo tangible y lo intangible. Y lo hace, sin saberlo, porque tiene una historia interesante. Su madre fue llamada por la diosa y se fue por un agujero en el jardín, desapareciendo sin dejar rastro. Se lo he contado a Miranda muchas veces, desde niña, pero nunca me ha creído. Hasta ahora. Ella siempre ha dicho que su madre murió en labor de parto, aunque ha estado buscando respuestas desde entonces, y su arte es su forma de explorar el misterio de su ausencia. Hay algo en ella que me recuerda a ti, Inés, esa búsqueda desesperada por una madre ausente, esa necesidad de expresarte a través del arte. Pero también hay una urgencia en mí, una necesidad de que Miranda encuentre una heredera, alguien que continúe su legado. Y veo en ti esa potencialidad, esa sed de conocimiento, esa determinación por no estar sola en este camino. Por eso, quiero que la conozcas, que aprendas de ella, que entiendas que no estás sola si caminas detrás de las que caminaron antes que tú.

Inés no dijo nada, trató de memorizar el camino de regreso, pero el calor y el tráfico la adormecieron y despertó cuando ya estaban frente a la puerta de Cubilete 189. Bajó de la Bronco y miró a su alrededor; le había pedido a Simeona que no la dejara en la puerta, pero como se había quedado tan dormida la vieja se había detenido frente a la reja. Inés miró calle arriba, calle abajo, nadie parecía notar su presencia. Luego levantó la mirada, hacia la azotea del edificio desde donde la saludó Margarita.

EN SU ANGUSTIA siempre es hoy, este momento que se alarga. La ansiedad en la garganta de Agustina es del tamaño de una moneda de diez pesos. Una moneda fría. Una moneda que palpita. Pulsa a la altura del cuello y manda olas de hielo hacia su estómago. Siente que tiene que correr, que tiene que escapar de ese cuerpo. Que tiene que arañar su camino hacia afuera. Está atrapada. Se le corta la respiración y sus ojos se ensanchan para ver si pueden ayudar a jalar aire. Va a desmayarse —nunca se desmaya—. Su campo de visión es un popote, un caleidoscopio que rota. Los cambios en colores y la intensidad de las luces le hacen difícil caminar. Entonces se queda quieta, arañándose por dentro. Entierra sus uñas en sus paredes interiores. El cuerpo se le hace mineral, no hay cómo abrirlo. Lo golpea desde adentro con los puños. No se mueve. Es denso y se va a apagar. Es fuerte y tiembla. Déjame salir. Conoce la angustia y le tiene miedo. Puede sentirla cuando viene. Esparce su peste cuando está oscuro y todos duermen, cuando hace café y se sienta en el baño. Le gusta indefensa, adormilada.

A veces se lanza sobre ella en la mitad de la noche: se extiende desde su almohada y la moja. Aquí estoy. Eres mía.

Agustina se rinde. No tiene caso combatir. Entiende que sólo puede montarse en la ansiedad hasta que pase. Se alimenta de miedo y de pelea. Se alimenta de fuerza y de movimiento. Si se queda quieta se aburre después de zarandearla, como un gato con media lagartija. Es como una contracción de parto. Sabe que viene. Sabe que va a doler más de lo que puede comprender y sabe que puede superarlo porque ya lo ha hecho antes. Lo hará de nuevo.

La golpea cuando está distraída. Y de pronto la angustia se va. No sabe cómo. No está segura de si se retira lento como el día o si se desvanece cuando deja de monitorearla. Le gusta diseccionar el momento, cuando ocurre. Le gusta ver si tiene partes que se mueven.

A veces regresa con venganza, por un segundo. La toma por sorpresa y le tiemblan las piernas. Se da asco cuando la domina. Se siente sucia y débil y es lo único que no quiere heredarle a Inés. Mala suerte. Ya lo tiene. Está en sus rabias. La ve saludarla detrás de esos ojos de estanque. Es oscura, la ansiedad, y la conoce. ¡Hola, ahí!, la saluda. Quiere gritar. Quiere arrancársela, quiere meterle la mano en la garganta y sacarla desde el fondo. Es sólo un indicio. Un cambio de tono en los ojos tan breve que no sabe cómo nombrarlo. Como si pudiera.

La golpea en presente, siempre en hoy, cuando está cansada y no puede defenderse. El miedo es caníbal, se alimenta de miedo y Agustina tiene suficiente. Paula se aseguró de ello. Y de algún modo ella misma se está asegurando de que Inés tenga lo suyo. Solía sostenerla contra su pecho cuando era bebé y llenarle la boca de miedo, estaba tan orgullosa de tener tanta leche: espeso, líquido y dorado miedo. Congelaba bolsas de miedo. Diego nunca quiso, prefería la fórmula, sólo mamó miedo por seis meses, cuando mucho. Tan listo, su niño. La peor hora era la noche: se sentaba en su estudio y escribía en un cuaderno hasta que se le pasara, sabía que volvería a golpearla. Era más fuerte cuando golpeaba a Inés. Y era cuando más le temía, cuando finalmente salía de ella y entraba al mundo. Contagio. Era venenosa. Estaba afuera y se metía en el cuerpo de Inés. Ay, hijita, qué hacemos. Ahora tenemos que erradicarlo juntas. ¡Hola, ahí! Tiene los ojos de su padre y la ansiedad de su madre, ¿no es preciosa?, qué ternura. Al menos ella sabía lo que era, podían temerle juntas.

Cuando Agustina era niña y le golpeaba la disociación del miedo, le decía a Paula: Tengo esta sensación como de que todo es falso, que no pertenezco aquí, que me deslizo.

Era el mundo desplazado.

El mundo desplazado, así le llamaba Agustina, así se lo enseñó a Inés. Llegaba ahí con un resbalar violento, repentino y compulsivo.

—Los colores se barren, las luces se deslavan y todo patina un poco a la derecha, como parecen escurrirse las ciudades vistas desde los vagones que se alejan —explicaba Agustina—. Cuando el traslado se termina ya estoy en ese otro espacio donde todo es peligroso, donde me sujeto de los muebles para no seguirme desplazando más a la derecha. Porque sé que hacia allá es hacia donde la luz se descompone y entre más discurra, más frío hace. Más miedo existe.

Inés sabía que en ese otro mundo, en ese otro espacio, algo siempre se estaba acabando. Se lo había contado Agustina.

La ansiedad acosaba a Agustina, una sombra constante que se aferraba a sus pensamientos y distorsionaba cada rincón de su mente. El miedo a lo desconocido, a lo que pudiera esconderse en los rincones oscuros de la ciudad, la mantenía en un estado de alerta perpetua. Aun así, Agustina sabía que debía enfrentar sus temores por el bien de sus hijos.

Decidió que caminarían hasta la nueva casa. Quería enseñarles que la ciudad podía ser un lugar de calma, un espacio que se podía conquistar paso a paso, aunque cada esquina la llenara de terror. Con cada paso, intentaría disipar sus propias sombras y mostrarles a sus hijos que podían encontrar seguridad en medio del caos urbano.

Quiso contener el flujo de miedo de su boca hacia sus hijos y decidió comenzar con la ciudad.

—Dime algo padre de esta ciudad, mamá.

—Sí, ¿cuál es tu lugar favorito de la ciudad?

—El aeropuerto.

No era el país quien la perseguía, no era la ciudad, era ella, su propio miedo que se iba enredando en su columna vertebral.

No caminaban en línea recta, no tomaban el camino más directo. Se dirigían a Cubilete 189 siguiendo el mapa en la mente de Agustina, un mapa siempre a punto de desplazarse, siempre un poco fuera de su centro.

Salieron de Viveros encaminándose hacia la Glorieta de los Coyotes. La rodeaban todos los días para llevar a los niños a la escuela, era un cruce caótico en donde se encontraban Universidad y Miguel Ángel de Quevedo, al centro del cual había dos estatuas y un árbol. Las estatuas eran dos coyotes negros. En la mente de Agustina los veía oliéndose la cola. En la mitad de la glorieta había un árbol moribundo del que los políticos colgaban su propaganda y nunca la descolgaban. Era un árbol famoso, plantado por alguien que alguna vez hizo algo más que plantar árboles. En su memoria el árbol no tenía hojas, estaba cubierto de trapos y residuos de elecciones pasadas. Lo estaba haciendo mal, había pintado una horrible imagen de uno de los lugares donde quería comenzar a enseñar a sus hijos a que quisieran su ciudad.

Hizo un esfuerzo por encontrar recuerdos agradables de esa glorieta. Pensó en 1995, el EZLN había irrumpido en la vida mexicana. Ella y sus amigos, adolescentes, envueltos en el romanticismo revolucionario, recolectaron ahí dinero para los zapatistas, distribuyendo fotocopias y gritando consignas. Apenas juntaron unos doscientos pesos, pero esa tarde sintió que la ciudad era suya y que el tráfico tenía un propósito porque ella tenía un propósito. Se sintió chilanga y perteneció a la ciudad, aunque nunca supo qué hicieron con el dinero recogido.

Cuando era niña, su padre los llevaba a correr a Ciudad Universitaria y para llegar pasaban por esa glorieta; siempre les compraba un globo gigante que vendía un hombre, solo en esa esquina, o al menos eso pensaba ella. El globo era blanco, con manchas de colores, y venía desinflado; pasaban el resto de la tarde tratando de inflarlo hasta que, inevitablemente, se ponchaba. Años sin ver esos globos, seguro ya no se consideraban adecuados para niños, ella no se los compraría a sus hijos porque estaba claro que eran un riesgo de asfixia, pero de niña le encantaba buscar el globo inflado que el hombre movía sobre su cabeza como anuncio, ese globo imposible que nunca duraba, que nunca se inflaba tanto, que nunca tenía esa gloria cuando lo compraban. Lo buscaba desde el asiento trasero del Dodge Dart, parada, sin cinturón, gritando: ¡Ahí viene!

Inés le soltó la mano.

—Dame la mano.

—No quiero.

—Estamos en la calle, rodeadas de carros, hay gente por todos lados, tienes que darme la mano.

—¡Me duele!

—¿Qué te duele?

—La mano, me la aprietas mucho, me aplastas los dedos.

—¿Yo hago eso?

—Sí, todo el tiempo, me entierras tus anillos.

—No sabía, no me doy cuenta.

—Ya sabes.

Estaban afuera, en la calle, donde cualquiera podía arrancársela y alejarse con ella; tenía que mantenerla cerca. Inés ya no quería sentarse en la carriola, donde podía amarrarla y tenerla bajo control —debía ser más difícil robarse a un niño que va amarrado, razonaba—. Todos los que pasaban junto a ellos eran una posible amenaza, cada carro que se acercaba desde atrás podía ser el que se la quitara, el que se la llevara, ¿no le enseñó eso Paula? Miró a su alrededor, algunas madres dejaban a sus hijos caminar libres unos pasos por delante de ellas, otros los llevaban con correas atadas a mochilas de muñequitos para disfrazar con peluches la violencia del amarre. Agustina no podía usar una correa e Inés no lo permitiría.

—¡Me estás apretando, mamá!

—Perdón.

—Tienes las manos mojadas.

—Ya sé, disculpa.

—Suéltame.

IBAN A MUDARSE a la casa que era de su madre. Donde creció. Donde vivió con la abuela Paula. Donde la abuela desapareció. Mamá no sabía que Inés sabía. Estaba enterada de que ya leía, y de que a veces se metía en su estudio, pero creía que sólo tomaba los libros para niñas que le dejaba a la mano. Una vez Inés miró un poquito más arriba en el librero. Empezó por el diario de Frida Kahlo porque tenía dibujos. Luego miró más y más arriba. Así encontró *Anya's Ghost, Daytripper* y *I Like Monsters*, así dio con *Maus* y *Through the Woods*. En la parte más alta, en un rincón, encontró los libros que tenían el nombre de su mamá. El libro con la mujer de cara verde. Encontró la historia de Cubilete 189, a donde iban a mudarse. Por eso iban caminando, por eso no iban como todo el mundo en su carro siguiendo al camión de la mudanza.

Mamá necesitaba hacer esa migración para que no se le desplazara el mundo un poquito a la derecha. Inés sabía que el mundo desplazado tenía sus propias reglas, ahí había criaturas distintas a las del mundo normal, allá las criaturas eran otras y los peligros acechaban en cada bocacalle. Le aterraba el mundo desplazado.

No quería que su mamá la arrastrara allá, con ella.

Para mantenerse en este mundo, en el de Diego, en el de Inés, Agustina se ponía objetivos muy claros a cumplir. Hacía listas y reglamentos para ella y para sus hijos, buscando mantener el mundo bajo control y evitar que se desordenara en el caos que era el miedo. Y para cumplir los objetivos, para pasar por todos los puntos de las listas, había que ir paso a paso.

Inés recordaba con cariño un día en que mamá dijo que necesitaban practicar estar sentadas. Sólo estar sentadas. Sin hacer nada. Estar. Se sentaron en su estudio y miraron los libros. No los sacaron. La tarea del día era: Inés debe aprender a estar quieta. No es que no supiera cómo. Todo el mundo sabe.

—Esto es aburridísimo, mamá.

—Necesitas aprender a estar aburrida.

—Entonces está funcionando.

La cosa es que Inés siempre estaba aburrida. Excepto cuando se movía. Le gustaba saltar de la cama de Diego a la suya. Él quería seguirla, siempre se caía y la diversión terminaba en lágrimas y regaños. Era demasiado pequeño para moverse bien. Diego era una monserga. Inés había tratado de usar esa palabra toda la semana. Se la había escuchado a su madre. Agustina era su fuente de nuevas palabras. Habían estado leyendo juntas por la noche como antes de que naciera Diego y de que su madre se mudara a la regadera. Compró un libro que se llamaba *Mujeres Padrísimas de todos los tiempos*. Algo así. Sobre mujeres que han hecho cosas interesantes.

—¿Hay hombres en este libro? —preguntó Inés.

Ya sabía la respuesta. Sus libros estaban llenos de mujeres haciendo todo tipo de cosas. La madre pensaba que Inés no se daba cuenta de lo que trataba de hacer. Siempre pensaba eso. Inés la dejó creer que la engañaba. Era una monserga. Se sentaron en el suelo del estudio y la madre hizo preguntas.

—Esto es aburridísimo —se quejó Inés. Le encantaba. Eran ellas dos, como antes. Sólo ellas dos como cuando papá trabajaba todo el día. Como cuando se sentía querida.

Luego mamá se embarazó de Diego y se cambiaron de casa, a la casa blanca, la casa del polvo; todas las paredes eran blancas y soltaban un polvo que se le metía a Diego en los pulmones y lo hacía toser. Un polvo que se le pegaba a papá en los pelos de la barba cuando se quejaba de que no le alcanzaba para pagar la renta de aquel polvorón.

Mamá se puso grande como rinoceronte, e igual de peligrosa. Sólo le faltaba el cuerno. No podía moverse mucho. Tenía miedo de perder a Diego. Inés escuchó que mamá había perdido dos bebés antes. No entendió cómo alguien podría perder un bebé si lo traía atrapado adentro. De cualquier modo, Inés los ha buscado, a los bebés perdidos, para devolvérselos a su mamá. No ha habido suerte.

Luego nació Diego. Mamá no lo perdió y se lo sacaron de la panza. Algo deben haber hecho mal porque le dejaron una cicatriz horrenda. Tuvo que estar en cama por semanas. Lloraba cuando tenía que ir al baño. Lloraba cuando se reía. Debieron haber hecho algo supermal. Lloraba cuando tosía. Hasta lloraba cuando papá la ayudaba a comer y cuando le ponía una inyección para quitarle los dolores.

Le salía leche de los pechos, como a la cafetera del restaurante de la esquina; fzfzfzfzfz, así, a presión y con espuma. A Diego no le gustaba la leche. Inés se la hubiera tomado. Le hubiera encantado que su madre la cargara como a Diego, otra vez. Nunca le ofrecieron ni una probadita.

Mamá quería jugar con Inés. Su panza toda moreteada y envuelta en vendas. Se bañaba por horas. No pudo jugar en milenios. Papá tenía que ponerle una inyección dos veces al día y para eso mamá tenía que acostarse sobre su panza rota.

Inés los espiaba en modo ninja. Mamá decía que apenas y sentía la aguja en las pompas de tanto que le dolía la panza. El *vientre*, otra palabra de mamá. Inés no sabía cómo era posible. Las pompas de su madre estaban tan moreteadas como la barriga por las inyecciones.

Inés nunca iba a tener hijos si la cosa era así de fea. Mamá le dijo que cuando ella nació todo fue más fácil. Inés no sabía si mentía. No siempre le atinaba. Cuando regresaron del hospital las piernas de mamá se habían convertido en las de un elefante. Tenía que ponerse unas medias blancas para evitar que le explotaran. Inés se imaginó la carne pegosteada por todas las paredes. Papá tenía que ponerle las medias porque ella no podía agacharse. Inés pensó que era por esas piernas deformes que no se movía.

Una vez entró cuando Agustina se estaba bañando. Quería verla. Abrió la puerta de la regadera y vio la línea gorda que tenía abajo del ombligo. Vio los moretones que le llegaban hasta las piernas, como si alguien la hubiera manchado toda con pintura. Nunca había visto moretones azules. Verdes. Moretones negros. Parecían una galaxia. Una galaxia terrorífica. Una nebulosa.

—¿Qué te pasó?

—Cierra la puerta.

—¿Por qué estás toda moreteada?

—Cierra la puerta.

—La cierro, si me dices.

—Te digo, si la cierras.

—Ya. Dime.

—Esto es normal cuando te operan para sacarte al bebé de la panza.

—¿Qué es *operar*?

—Te abren el cuerpo para sacar al bebé.

—¿Cómo te lo abren?

—Te cortan.

—¿Con qué?

—Con un bisturí. Es como un cuchillo.

—¿Duele?

—Duele mucho, pero después, ya cuando estás en casa.

—No te iba a creer si me decías que no dolía.

—Ya sé.

—¿Te duele cuando te mueves?

—Me duele cuando existo.

Después del baño papá tenía que ponerle otra vez las vendas. Primero la secaba envuelta en la toalla como a un bebé. Ella trataba de alimentar a Diego. Él comía un poco y luego ponía cara de asco y se alejaba de mamá. Papá la secaba y le ponía pomada en la herida. Al principio dejaban a Inés fuera del cuarto. Luego se les olvidó cerrar la puerta. Ella pudo ver todo lo que quería sin entrar en modo ninja. La pomada era café. Mamá era azul. Diego era rojo de tanto empujarse para no comer del pecho de mamá. Papá cubría la herida en vendajes y ella se sentía mejor. Podía sentarse a seguir peleando con Diego. Tú comías todo el tiempo, le contó a Inés, y hacías ruidos como de cerdito bebé, toda gordita con cara de luna.

Les gustaba colorear mandalas. Odiaban hacer collares. Les gustaban los juegos de mesa, pero Inés se frustraba cuando perdía y dejaron de jugar. *Frustrada* era una palabra enorme. Una palabra que odiaba. Sus maestras la usaban. La directora de la antigua escuela. Su padre se la gritaba todo el tiempo. Mamá se la susurraba: Tienes que aprender a controlar tu frustración. Sus compañeros de clase no sabían su significado. Quizá era una cosa de familia. Era una monserga.

Después mamá estaba mucho mejor. Volvió a trabajar. Daba clase dos veces por semana en una universidad para puras artistas. Les enseñaba cosas que habían hecho otras mujeres artistas, antes que ellas, e Inés se las imaginaba como una cadena de hormigas, a todas esas mujeres, pasándose de una a una la migaja que habían robado en algún parque. Mamá era feliz cuando enseñaba porque pensaba en otras, no pensaba en sí misma. Inés odiaba verla irse tan temprano. Tan contenta. Nunca estaba así de contenta en casa. Se ponía maquillaje y hacía que los ojos se le vieran enormes, con delineador negro. Ya no se bañaba todo el tiempo. A veces lloraba. No tanto como antes.

Les gustaba contar historias. A Inés le encantaban las de miedo y su mamá era buenísima contando ésas. Ya no contaban historias del terremoto. Por las pesadillas.

Odiaban la alerta sísmica. Sonaba sin avisar y todos dejaban lo que hacían para salir. Sin importar si estaban en piyama o encuerados. Su vecino una vez salió encuerado e Inés le vio el pene. Mamá le dijo: No señales el pene del vecino. Era rosa y gelatinoso. La alerta sísmica sonaba: waw, waw, waw, waw, alerta sísmica, waw, waw, waw, waw, y su madre los tomaba en los brazos y corría hasta la calle. Era rapidísima. La campeona de salir hasta la calle. La alerta les avisaba que un temblor iba a golpear la ciudad en un minuto. Todos decían que la alerta era algo bueno. Todos corrían cagados de miedo cuando sonaba. Su mamá le daba permiso de pensar las groserías, no de decirlas. Ellas odiaban la alerta. Nadie podía culparlas. Aunque lo hacían. Todos le decían a la madre que la iba a traumatizar. No los terremotos. Ella. Y eso que no habían escuchado sus historias de terror.

Una amiga de mamá se murió en el terremoto. El grande. El terrorífico. Se murió. Mamá pasó dos días con el teléfono pegado a la mano. Posteando fotos de su amiga perdida. Trató de ir a buscar entre el escombro que había sido su edificio.

No pudo acercarse. Además, tenía que cuidarlos a ellos. Todos lo decían: piensa en tus hijos. A Inés se le ocurrió que iba a perderlos como había perdido a los otros, y se quedó superpegadita a su madre. Si pierde otro hijo, que sea Diego. La amiga estuvo desaparecida por dos días. Todo lo que se sabía era que su edificio estaba apachurrado. Inés vio un video. El video no tenía sonido, estaba tomado por una cámara de seguridad de la ciudad. Inés lo vio por encima del hombro de mamá, tan angustiada que no se dio cuenta de que Inés espiaba. En el video se podía ver la esquina de una calle con camellón y muchos árboles. Una patrulla esperaba en un semáforo. Una señora con carriola iba a cruzar la calle cuando los árboles se pusieron a bailar. Se agitaron y estiraron las ramas para tocarse. Levantaron las raíces como si fueran a irse caminando. La mujer de la carriola corrió. Tres extraños se abrazaron en la calle. El pavimento desarrolló una marea alta. Entonces el edificio de la esquina se derrumbó en una nube de tierra y papeles, de zapatos. La amiga de mamá estaba ahí. Hasta arriba de ese edificio.

Tenía una hija de la edad de Inés, la conocía desde chiquita. Inés estaba en el patio de la escuela cuando el piso se convirtió en océano y todos tuvieron que surfear las olas. Como cuando iban de vacaciones. Los maestros gritaron. Jalaron a los niños para sacarlos de los salones. Los jalaron del pelo. De la ropa. Todos los simulacros de terremoto que habían hecho, todos los no grito, no corro, no empujo, se les olvidaron. Aquel día la alerta no sonó hasta que el terremoto ya los estaba sacudiendo. Nadie la escuchó por tanto grito. No hubo anuncio previo. La madretierra ululó con su voz ronca y se quiso tragar a todos de un bocado. Las ventanas de los salones se rompieron. Inés y sus amigas se abrazaron mientras miraban a los estudiantes correr al patio. Los muros crujieron y pedazos de ladrillo espolvorearon el piso como azúcar glass. La puerta del laboratorio se atoró y el maestro tuvo que abrirla a patadas para sacar a los niños que estaban dentro. Fue el temblor más largo. Inés supo que la escuela se iba a caer. Pensó que sabía qué era el miedo.

Ese día cambió el significado de muchas palabras que ya creía que se sabía. *Simulacro. Escuela. Sirena. Ciudad. Distancia. Derrumbe.* Diego estaba en el salón de los bebés. No sabe cómo los sacaron a todos. Cuando la madretierra finalmente dejó de moverse los llevaron al campo de futbol y les dieron galletas con leche. Olía raro en todos lados. Una maestra dijo que era gas. Inés pensó que era miedo. Mamá los recogió dos horas después. Corrió y los abrazó. Todas las mamás estaban llorando. Los llevó al carro y les compró helados. No tenían hambre.

El tráfico no se movía. Mamá en silencio marcaba el teléfono de papá. No salía la llamada. Estuvieron en el carro más de dos horas. Finalmente llamó papá. Mamá lloró en silencio y sólo dijo: Estamos bien, te he tratado de llamar, escuché que colapsaron unos edificios, una escuela aquí a la vuelta de, ¿están todos bien?, no voy a prender la radio, los niños vienen despiertos; estamos bien, no llores, ya sé, no había señal, no llores, estamos bien, trataré de manejar lo más cerca de la casa que pueda y dejo el carro y luego caminamos, nos vemos en la casa.

Dejaron el carro en una calle empedrada y caminaron hora y media. Diego se había dormido y mamá tuvo que cargarlo. Inés quería que la cargara a ella también. Estaba tan cansada que le dio un calambre. Mamá no pudo ni ayudarla a estirar la pierna porque traía a Diego en los brazos. Inés nunca había visto a tanta gente caminando. Iban en grupos por el carril del Metrobús y vio a gente llorando en silencio. Gente cubierta de polvo mirando hacia arriba. A los edificios. Apuntando a distantes nubes de humo. Pidiendo que nadie fumara. Los carros estaban parados todos pegaditos. Como congelados. Nadie se movía. Nadie se quejaba. Todos en silencio escuchando voces en sus radios. La voz de Inés sonaba muy fuerte, como si hubiera eco.

Mamá sonreía. Mamá platicaba. Cuando llegaron al puesto de tamales de Insurgentes les compró un tamal de dulce y justo cuando Inés iba a morder el suyo escuchó la voz de papá gritando su nombre. Papá cruzó los seis carriles de Insurgentes entre los carros petrificados y la estación de Metrobús que tiene un foco en el dibujo, con un brazo apretó tanto a Inés que casi la hace vomitar. Estaba llorando. La asustó muchísimo. Más que el maremoto de concreto.

—Se cayeron muchos edificios —dijo—, y como pasaban horas y no sabía de ustedes...

—Estamos bien —dijo mamá—. Vamos a la casa.

Era de acero esa tarde, mamá. Luego se iba a fundir. Todavía no.

Caminaron por Insurgentes tratando de llegar a la casa y se metieron por Jaime Nunó. ¿Por qué está tan callado todo? Inés sólo escuchaba las sirenas que llamaban a los que estaban bajo los escombros.

Estamos bien.

No estaban bien. La amiga de mamá no aparecía. Había dejado a su hija en la escuela y ya nunca había ido a recogerla.

Ése es el mayor miedo de Inés. No sabía que eso podía pasar. Ahora lo sabe y es todo lo que piensa cuando llega la hora de la salida. ¿Qué tal que mamá se murió mientras yo estaba en la escuela? ¿Qué tal que nadie viene a recogernos? ¿Qué tal que nuestra casa se cayó en un terremoto que yo no sentí?

A la amiga de mamá la golpeó el escombro. Inés la vio fundirse, a mamá, no a la amiga, cuando al fin le confirmaron la noticia, dos días después del terremoto. Estaban a punto de comer. Mamá estaba parada junto a Inés con un plato de croquetas de pollo en la mano cuando sonó su teléfono. Contestó. Y se derritió sobre el piso. Parecía que se le hubieran disuelto todos los huesos. Se fundió en el piso y aulló como gato enojado. El plato se rompió y su perro, Balam, se comió las croquetas. Papá le dijo que se levantara. Que se controlara. Que no llorara frente a los niños. Se derritió como una velita de cumpleaños. Inés la abrazó. Papá fue una monserga.

CUANDO LLEGARON al fin a la glorieta Agustina comprobó que los coyotes no se estaban oliendo la cola; ya lo sospechaba, casi parecían sonreírle al tráfico que se acercaba. El árbol no estaba pelón, sí descorazonado. Sacó su cuaderno: *coyotes sonrientes, árbol con hojas*. El lugar sí era tan estéril como lo recordaba. Estaban parados en Miguel Ángel de Quevedo, tratando de entender por dónde cruzar hacia la panadería sin convertirse en tres manchas sobre el pavimento. Todo lo que Agustina podía ver eran cables. Kilómetros de cable negro que colgaba de los postes de luz, de espectaculares, de ramas de árboles. Esa ciudad no sería la trampa que era de no ser por esos cables que formaban una red a través de la que todos trataban de mirar al sol, capturados. Sus ojos se detuvieron en los cables de los trolebuses que, al menos cada tres horas, naufragaban en mitad de la calle porque habían perdido contacto con las líneas paralelas sobre ellos. Siempre le gustaron, tan arcaicos que ya eran modernos: transporte de cero emisiones. Le gustaban sus caparazones verdiblancos y los dos enchufes bulbosos de donde salían sus antenas.

La ciudad avanzaba, los autobuses cambiaban de color cuando el gobernador en turno quería hacer como que había invertido en transporte público, pero los trolebuses seguían siendo lentos e inconvenientes, arrastrándose por Miguel Ángel de Quevedo mientras a su alrededor los autos se hacían más pequeños, las camionetas eran eléctricas, las niñas eran madres que caminaban seis kilómetros a casa y ya nadie vendía globos. Trolebuses varados partían el tráfico como piedras en un río poco profundo. Se veían tristes, desconectados de su fuente de poder, incapaces de moverse y agitando las antenas como escarabajos boca arriba.

Desde donde estaban podían ver más cables que cielo, iban en todas direcciones, eran su propio sistema carretero, no sólo enhebraban postes: había siete vueltas de cable extra, cuidadosamente colgando ahí, inútil, en caso de que alguien necesitara ochenta metros de línea sucia y negra. Para ahorcarse.

Agustina sospechaba que los dejaban ahí sólo por joder, para cubrir un poco más el cielo, para que se les olvidara que atrás de aquella telaraña había nubes. Eran demasiadas las cosas que le parecían intencionalmente feas. Debía haber una buena explicación para los carretes de cables. Podría buscarlo en su teléfono. Prefirió odiarlos, desinformada. Empezaba a dudar de sus razones para elegir aquella ruta tan enredada para el día de la mudanza.

Dos años antes estuvieron, los tres, casi en esa misma esquina, Diego dormido en sus brazos, Inés quejándose del dolor de rodillas. Fue el 19 de septiembre, el día del terremoto, y Agustina tuvo que dejar el coche en el otro extremo de Paseo del Río, cerca de Ciudad Universitaria, casi a dos kilómetros de distancia, porque las calles estaban tan llenas que no pudieron avanzar más. No supo por qué esa tarde caminó por la calle empedrada. No tomó la ruta más directa, por Insurgentes. Quizá porque Paseo del Río estaba vacía. Caminaron bajo sus puentes de piedra, Inés recogió dientes de león y los sopló en la cara dormida de su hermano. Agustina los llevó hasta ahí, donde ahora estaban esperando cruzar; fue una caminata larga y solitaria, lejos del dolor de los otros. Por la duración de su paseo por esa calle no hubo terremoto, no hubo peligro de que explotaran los tanques de gas, de niños atrapados bajo los escombros de su escuela. Sólo ella con Diego dormido en sus brazos cansados e Inés rogándole que se sentaran a descansar bajo un arco de piedra. Cinco librerías rodeaban a los coyotes. Una de ellas estaba en la calle donde aquel día caminaron. Su favorita. En la que se siente segura. Hacia ahí caminó la tarde del terremoto, hacia su pasado, hacia un lugar seguro, a una librería. Pasó buena parte de su infancia comprando libros en alguna de esas cinco; comía con Felipe al otro lado de la calle, buscaban discos y libros y él se encontraba con amigos en la cafetería del primer piso mientras Agustina leía el *Dune* de Frank Herbert: *No debo tener miedo, el miedo mata la mente, el miedo es la pequeña muerte que conduce a la destrucción total. Afrontaré mi miedo, permitiré que pase sobre mí y a través de mí. Y cuando haya pasado, giraré mi ojo interior para escrutar su camino. Allá donde el miedo pasó: ya no habrá nada, sólo estaré yo.* Fue la primera plegaria que aprendió, la que aún repite cuando la ansiedad se anuncia.

En la preparatoria, sus compañeros y ella iban a esa esquina buscando a Huxley, a Orwell, a Sontag; pensando que entendían el mundo. En la universidad iba a hojear libros de Cindy Sherman y de Ana Mendieta. Podían entrar ahora, cumplir ese rito de paso veinte años retrasado y comprar los libros que antes nunca pudo. Por eso caminó ahí cuando la ciudad se sacudió, por eso llevó a sus hijos a esa librería: los llevó a casa.

Sacó el cuaderno y escribió una sola palabra, un nombre: *Eli*. El nombre de otra madre, una como ella, una con miedo y angustias que se hicieron, todas, realidad. Aprendieron juntas a ser madres. Eli. Rocío. Faviola. Ana. Ady. Agustina. Desde ese día en que dejaron a sus hijos de un año, por primera vez, en esa escuela pequeñita y lloraron por dentro como si sospecharan, como si quisieran, que los niños no pudieran existir sin sus madres. Afuera de la escuela se convirtieron ellas en un monstruo de seis cabezas que, como una tribu encapsulada, aprendió a tumbos a educar a media docena de chamacos; ese día eterno en que sus hijos comenzaron a existir lejos de ellas. Y existieron. Y crecieron. Y aprendieron a pararse y a ensartar bolitas de madera en un estambre, a comer con tenedor y a arañarse las caritas, a morderse, a llamarse por su nombre: Amara. Lucía. Paula. Emiliano. Mateo. Inés. Aprendieron a dejarlos y ellos aprendieron a esperarlas a la hora de la salida, cada tarde.

Hasta que el 19, Eli no llegó.

¿Dónde está Eli? ¿Alguien ha hablado con Eli? Su hija está bien. Su esposo en el hospital. ¿Dónde está Eli? ¿Por qué no contesta Eli? Ése fue el coro de su terremoto ese martes 19 en que las noticias granizaban sobre una ciudad sin luz y sin sosiego y de ella nada sabían; ése fue el aullido de su angustia y se extendió dos días que fueron casi veinte. Sabían que era polvo su edificio, pero no querían creer que se les hubiera amputado la parte de la vida en que Eli estaba.

Seguían sin saber a dónde había ido, pero le montaron una ofrenda en una caja, le pusieron flores en el camellón de Ámsterdam frente al hueco que dejó su casa y ahuyentaron a los curiosos que buscaban tomarse fotos con los escombros. Le encendieron unas velas porque aprendieron juntas a ser madres y durante años miraron muchas madrugadas los termómetros metidos en las axilas de sus hijos subir hasta cuarenta; juntas doce manos metieron en baño de agua tibia a los cuerpecitos ardientes y dijeron: Tempra-motrin-febrax, no baja, ahora qué chingados le damos. La lloraron en las calles en que tantas veces la vieron, esas calles que recorría con su hija, que era de todas, en patín del diablo, Eli mirando a todos lados, adivinando peligros en cada bocacalle. La abrazaron deshojando cempasúchil y quisieron recordarle que su hija era la de todas y era fuerte y linda y dura. Jugaron en el parque donde dieron por sentado que siempre iban a encontrarla. Ahí iban a buscarla, todavía. Eli. Rocío. Faviola. Ana. Ady. Agustina. Una hidra a quien ahora le faltaba una cabeza. Aprendieron juntas a ser madres y querían pensar que ese martes 19 Eli no había tenido miedo, pero ya no estaban muy seguras porque miedo era lo que Eli tenía y muchas veces les contó que su edificio, y ella con él, golpeaba contra el otro en los temblores. Trataron de reconstruirla en ese momento, paradita en la azotea con el piso sacudiéndose, para que no se les esfumara porque después de ese instante en que las soltaba de las manos no pudieron encontrarla y preferían pensarla tan alta y tan delgada, tan bonita, con su hija, que era de todas, caminando. Todavía. Caminando.

MIRANDA LLEGÓ al museo universitario donde se expondría su obra. La estructura del edificio se alzaba frente a ella, una amalgama de líneas modernas y superficies angulosas, con grandes ventanales que reflejaban el cielo gris. Al acercarse, sintió una mezcla de nerviosismo y orgullo. Había soñado con este momento durante años, desde los días en que era una estudiante con un cuaderno lleno de bocetos y esperanzas.

Para su generación de artistas mujeres, lo importante había sido la representación, ocupar esos espacios que durante tanto tiempo les habían sido negados. Las jóvenes artistas de hoy podían preocuparse por otras cosas. No tenían que meter el pie para mantener la puerta abierta y que pasaran otras; ya estaban dentro. Ahora ellas podían ocuparse del discurso.

El interior de la sala de exposiciones era un espacio donde convivían familiaridad y extrañeza. Un mundo que no era el mundo. Ahí estaba su obra, sí, pero le resultaba artificial. Recargadas contra las paredes blancas del museo estaban las fotografías enmarcadas de las siluetas en la tierra. Podía verse cada detalle de su obra con una precisión dolorosa. Sus figuras humanoides descansaban contra las paredes, como viajantes esperando a medianoche la llegada de un vuelo retrasado. Cada pieza parecía suspendida en un limbo, atrapada entre su creación y el momento presente.

La emoción inicial que sintió al ver su trabajo expuesto se fundió rápidamente en vergüenza. No le gustaba ver su obra anterior; le hacía dudar de su talento, le parecía grotesca y derivativa. Era muy difícil ver desde el hoy a la artista que había sido antes. Sentía que cada fotografía, cada escultura, era un recordatorio de su evolución, de los pasos tambaleantes que había dado en su búsqueda por una voz propia. Una voz inexistente, porque sabía que ella era el resultado de todas las artistas que habían pasado por su mente, por su cuerpo, por sus tripas, y que ella de algún modo había regurgitado. Se preguntaba si quienes miraran su obra verían la misma inseguridad, la misma lucha por definir su identidad artística a partir de sus ausencias.

El museo era un mundo que no era el mundo.

Mientras recorría la sala, una sensación de desasosiego se apoderó de ella. Las figuras, tan estáticas y expectantes, parecían observarla con un juicio silencioso. Miranda sabía que debía enfrentarse a esta parte de su pasado, aceptar que cada etapa, por imperfecta que fuera, había sido necesaria para llegar a donde estaba. ¿Dónde estaba? Imaginando por las noches la voz de una diosa con sus doce toneladas de andesita, enterrada.

Las máquinas aún no ocupaban su lugar en la sala de exposiciones y ahora le inquietaba que quedaran fuera del discurso, que fueran percibidas no como una evolución natural de su escultura, sino como un escape. Sólo ella sabía que esas máquinas eran su intento por acercarse a lo sobrenatural que tanto había negado. Que eran una entrada. O una salida.

Habiendo sido criada por Simeona, quien tenía un pie en la realidad y un pie en otro lado, Miranda había pasado la niñez tratando de arraigarse, de ignorar las historias de la última noche de vida de su madre. Su madre había muerto en el trabajo de parto, de eso Miranda estaba segura. Se negaba a creer las historias de Simeona en que la madre había bajado al jardín, se había puesto en la mitad del círculo sin pasto y se había devorado media cara antes de enterrarse en el hoyo, llamada a la tierra por una deidad desconocida. No había sido fácil mantenerse cuerda y sana cuando Simeona insistía en decirle que ella era la heredera, que un día le iba a ocurrir lo mismo que a su madre, que una noche iba a comerse media cara.

Las máquinas no estaban en el museo porque Miranda no las había regresado de su exilio y ahora que estaba ahí, en el espacio que pronto ocuparían, imaginó en ellas cierta evolución. Pero era tarde, las artistas viejas no evolucionaban: se morían.

No era cierto, claro, estaba Yayoi Kusama, quien había logrado una carrera impresionante, manteniéndose activa incluso pasados los noventa años. Comparó el espacio blanco de la sala de exposiciones con las instalaciones inmersivas de Kusama, sus "Infinity Rooms", que trasladaban a los espectadores a un mundo que no era el nuestro; bastaba cruzar una puerta para acceder a un mundo de espejos y luces que llevaban al visitante desde la paz y el color hasta la soledad y el terror.

La obra de Miranda no se traducía bien a los museos: eran muy limpios, no había polvo ni plantas, no había tierra. Todo parecía certero y finito. Las galerías no eran espacio para dudas. La mayoría de sus piezas habitaban mejor los espacios abiertos. Rodeada de la exigencia del blanco tablarroca que parecía gritarle algo, dudó sobre el concepto de *retrospectiva*.

Mirar hacia atrás, como si Miranda estuviera muerta y fueran a revisitar su obra, como si a su edad ya no debiera atreverse a generar más piezas. El arte es de las jóvenes. Como si su carrera debiera haberse esfumado con la menstruación. Miranda se sentía inspirada por la forma en que Kusama había utilizado su arte para enfrentar sus propias luchas mentales. Desde joven, había experimentado alucinaciones vívidas y comportamientos obsesivo-compulsivos, lo que influyó profundamente en su arte. Las "Infinity Nets" y las esculturas blandas cubiertas de formas fálicas eran formas de procesar su angustia mental y confrontar sus miedos. Pensar en Kusama le recordaba a Miranda la importancia de encontrar una salida creativa para sus propias emociones. La artista había vivido en una institución psiquiátrica desde 1977, trabajando en un estudio cercano. Su arte había sido un mecanismo crucial de supervivencia, una herramienta para hacer frente a sus alucinaciones y ansiedad. La resiliencia de Kusama ante la enfermedad mental era un testimonio del poder curativo de la creatividad. Miranda sentía una profunda conexión con la lucha de Kusama, viendo en ella un ejemplo de cómo el arte podía ser un refugio y una forma de diálogo con uno mismo y con el mundo.

Para Kusama las alucinaciones habían comenzado en la niñez, cuando empezó a ver patrones de colores que devoraban su entorno y finalmente se la comían a ella. Empezó entonces a pintarlas. Habían surgido de una niñez compleja, con un padre depresivo y una madre controladora. Su reclusión en una institución mental había sido voluntaria.

Las retrospectivas eran territorio de las muertas, se decía Miranda mientras ya imaginaba cómo montaría las máquinas, el camino que debía seguir la espectadora para transitarlas. A Miranda le gustaban las exposiciones que contaban una historia, le gustaba saber por dónde comenzar, cuál era la ruta, y le irritaba cuando la respuesta era: por donde quiera. ¿Qué historia contaba ella ahora?

Necesitaba un camino, una ruta hacia adentro.

Las máquinas estarían muy pronto de vuelta en el taller, mancilladas por la ciudad, alimentadas de asfalto, del viento helado que cortaba la madrugada como cuchillo de obsidiana. Y una vez en el estudio Miranda iba a interrogarlas, a saber qué habían visto, qué humores de la ciudad habían recolectado en sus locaciones temporales. Comenzó a visualizar las máquinas en la sala, sus trazos de mugre y aceite chorreando en el piso de concreto pulido, las nubes de humo marcando lagunas negras en el techo.

Se recostó en el centro de la sala, imaginando los armatostes oxidados unificando sus chirridos, y se repitió lo que la autómata le había susurrado aquella madrugada: *Siente a la diosa*. Sí, ahora podía sentirla todo el tiempo, no sólo cuando dormía, no sólo cuando daba vueltas en torno al agujero de tierra en su jardín. *Siente a la diosa. Está rota al centro, colapsada. En la oscuridad escucha y llama, sabe que la escuchas.*

Se le había complicado decirse a sí misma que eran sueños, que soñar que ella era la diosa era una mera fantasía quizá hormonal, quizá narcisista. Qué artista no sueña, finalmente, con culminar siendo una deidad.

La mañana en que Simeona había traído las noticias la tenía bien grabada en la cabeza: la escultura monolítica de una diosa de la vida y de la muerte, gigantesca; la piedra casi intacta, los pigmentos originales y cada uno de sus pedazos en conservación perfecta. De su entierro habían llevado las doce toneladas de andesita a ¿dónde? A un museo.

Una diosa y una pieza.

Simeona se obsesionó con la diosa, como era de esperarse. Hablaba y blandía el periódico con la foto de la deidad femenina mientras Miranda trabajaba en el traje de piel curtida que poco a poco iba creciendo. Simeona hablaba mucho porque no quería preguntarse, ¿con qué pieles construía Miranda aquellos trajes?

Su uso de piel no era novedoso, Berlinde De Bruyckere trabajaba con cuerpo, con piel, con cabello de caballo y creaba esculturas humanoides, deformes y en descomposición, abordando la tensión entre la fuerza y la fragilidad, la belleza y la fealdad. Simeona encontraba en el traje de Miranda ecos de De Bruyckere. Compartían una exploración de la condición humana y su corporalidad. De Bruyckere se sumergía en la descomposición y la fragilidad, utilizando materiales orgánicos para crear figuras que parecían al borde de la desintegración; Miranda se centraba en la búsqueda de identidad y la ausencia materna, creando máquinas y figuras que también exploraban la relación entre la fuerza y la fragilidad.

Mientras que De Bruyckere utilizaba la piel y el cuero para mostrar la descomposición y la vulnerabilidad, Miranda construía sus máquinas para llenar el vacío de la ausencia, para encontrar en el arte una madre y una guía. Al verla coser el traje de piel, con sus manos y sus pies como colgajos accesorios, Simeona comprendió que el trabajo de ambas artistas transformaba el dolor en belleza, la fragilidad en fuerza.

Las manos del primer pellejo comenzaban a perder su consistencia, no sabía qué material había usado Miranda para rellenarlas, pero parecían pudrirse poco a poco.

—He tenido sueños espeluznantes —dijo Miranda—, de ahí salió la idea de los pellejos.

—Me recuerdan a tus experimentos con desperdicios —mintió Simeona.

—Esos desperdicios eran todos míos.

—¿Y éstos?

—Los encontré.

—Pensé que los habías cosido tú.

—Yo los cosí —dijo Miranda—, con hilaza y aguja de canevá, los perforé para unirlos así, en una capa. Con esta capa me soñé una noche, en el espejo. Desde lejos me veo calva: me acerco y noto que es el pellejo, que traigo puesto el cuero cabelludo de alguien más.

—Como la diosa —murmuró Simeona, pero Miranda pareció no escucharla.

—Como mangas traigo los brazos de otra piel y en las perneras sus piernas. Me cuelgan unos testículos sobre el vientre.

—Es la menopausia. Las hormonas son una chingadera.

—Tú dices que todo es la menopausia.

—Porque es, no me quiero ni acordar.

Tirada en el piso de la galería, a Miranda se le ocurrió que las máquinas debían ir acompañadas del grafiti, de las INZs. Necesitaba encontrar a la artista para completar su obra. Y también a la persona que hacía los agujeros que ahora las acompañaban. Esos agujeros le recordaban a su madre, a ese jardín de su casa, donde Simeona siempre sostuvo que su madre había desaparecido, que había sido llamada por la diosa.

Mientras miraba las fotos y las piezas incompletas en la galería, Miranda se preguntó si su obra no era también una forma de búsqueda. Quizá toda esa obra, toda la retrospectiva, la intención de marcar con monumentos las desapariciones de mujeres, eran su forma de preguntar algo muy sencillo: ¿dónde está mi madre?

Cuarenta años de obra y una pregunta tan elemental.

Las máquinas, los agujeros, las figuras, todo parecía de pronto tener un nuevo sentido. Una pregunta constante, un intento desesperado de llenar el vacío que había dejado la desaparición de su madre. Ya no quería estar sola. Por eso buscaba a INZ. Una colaboración. Alguien en quién depositar lo que había creado. Alguien que caminara tras de ella. Debía encontrar a INZ. Necesitaba que su grafiti acompañara las piezas. Y tenía que hallar a la persona que hacía los agujeros. Tal vez, al reunir todos estos elementos, podría acercarse a una respuesta. Podría, al fin, dar con el rastro de su madre, entender su ausencia, conectar su obra con su historia personal de manera más profunda.

Con esta determinación, Miranda se levantó del piso del museo, lista para buscar. Su retrospectiva ya no era sólo una exposición de su trabajo. Era un mapa, una guía en su búsqueda personal, un medio para enfrentar la angustia de no saber. Y ahora, más que nunca, estaba decidida a seguir ese camino hasta el final.

EL SEGUNDO DESOLLAMIENTO no le dio tanto miedo como el primero. Estaba preparada. Al menos eso creía. De cualquier manera, se había ocultado detrás de la máquina aspiradora, pegada a la pinta que había hecho en la pared, tratando de concentrarse en los trazos de colores que mostraban un cráneo a medio descarnar. De nuevo, Cholo había aullado para anunciar la subida de la marea de podridos y una vez más se había posado como un saco de músculos sobre ella. Parecían haber doblado su número e Inés temió que ninguno se acercara lo suficiente para que la máquina lo aspirara.

Cholo había convencido a Pepe de que los llevara hasta ahí en su bicicleta. Inés no quiso preguntar qué habían hablado ellos, sólo estuvo en los columpios del parque a la hora que el perro le había advertido y, sin decir una palabra, Pepe la había acomodado en la rejilla sobre la que ponía la canasta de empanadas, había puesto al xolo entre sus brazos y así habían atravesado la madrugada citadina, Inés dejando tras de ellos un rastro de piedras marcadas con sus letras. Trató de no pensar en su padre al sentir el frío en los cachetes, al recordar el bamboleo de la bicicleta entre las piernas. Trató tanto y con tanta fuerza que fue de su madre de quien se acordó.

Mientras Pepe pedaleaba, Inés recordó una vez que acompañó a su madre a una marcha por la desaparición de una mujer. En aquella ocasión, Agustina le había explicado que aunque siempre tuviera miedo, era importante distinguir entre los peligros reales y los imaginados. Habían ido a la marcha para que Inés entendiera que las mujeres realmente desaparecían y que no era sólo una parte del mundo desplazado de su madre.

En la marcha la gente gritaba. *Laura no murió, a Laura la mataron.* Inés miraba al cielo. Estaba acostada en la carriola, el sudor le escurría de la cabeza a las mejillas. Hacía calor e Inés y Agustina habían caminado mucho para unirse a la vanguardia de la marcha en Avenida Juárez, justo cuando giraba a la izquierda, sobre Reforma. Agustina era una extraña esa mañana. Sin sonrisas. Sin certezas. Sin cuaderno. Sus ojos estaban rojos y tenía los dientes apretados, a Inés le parecía una vara seca.

Caminaron con el primer contingente de la marcha, sólo mujeres podían caminar adelante. *Hombre consciente abandona el contingente.* Inés y mamá vieron cómo un par de fotógrafos habían sido arrastrados hacia afuera del torrente de señoras. *Contingente separatista, sólo mujeres, sólo mujeres*, cantaban todas mientras la señora más grande que Inés había visto tomaba a un fotógrafo bajo cada brazo y los ponía en la banqueta, como una madre que pone en orden a sus hijos berrinchudos.

—Les estamos haciendo un favor, estamos documentando su lucha —dijeron los fotógrafos.

—Hágannos un favor desde la banqueta, o díganle a su medio que mande fotógrafas mujeres, ¿o no tienen?

No, pendejo, que no, mi cuerpo es mío, sólo mío, te dije que no, pendejo, que no. Inés escuchó música y pensó que la marcha era un carnaval. Había tambores, trompetas, pintura morada. ¡Brillantina! Estaba contenta, al principio: estaba con mamá, sólo ellas, sin Diego, sin papá. Y sus camisetas moradas eran iguales.

La marcha le pareció un desfile: banderas de arcoíris, bufandas moradas, pancartas coloridas. Pero cuando doblaron sobre Reforma se dio cuenta de que algo andaba mal. Nadie estaba contenta. Cantaban insultos. Alguien se había muerto, a alguien habían matado. Buscó en su carriola su botella de agua, la abrió y se le cayó. Mamá no se dio cuenta, no se detuvo, siguieron avanzando, mamá gritaba: *Vivas se las llevaron, vivas las queremos*. A Inés le dio tristeza perder su botella, había sido un regalo de mamá, era amarilla con dibujos de flor de caléndula. Mamá tenía lágrimas en los ojos y marcas de sudor en las axilas.

Una chica con pasamontañas rosa le ofreció a Inés un trago de su botella de agua, Inés bebió, la chica se mojó las manos y refrescó con ellas la cara de Inés, su nuca, su frente, luego le tocó la nariz con la punta del dedo y le dijo:

—Mantente fuerte, hermanita —y desapareció entre la multitud.

—¿Quién es Laura? ¿Qué le pasó? ¿Qué hacemos aquí? —tuvo que preguntar.

—Éste no es un lugar para niños —dijo una señora mayor que pasaba junto a ellas.

—Éste es el único lugar seguro, en todo el país, para las niñas —respondió una mujer joven que llevaba a su bebé atada en un rebozo morado y que cargaba una pancarta que decía: QueMaría la ciudad para que María no sufriera.

—No debí traerte —dijo Agustina—, pero tenemos que caminar, tienes que saber, ¿no? No debí traerte.

—¿Quién es Laura?

—Laura era una mujer, una niña, muy joven; alguien se la llevó, alguien la lastimó: se subió a un taxi. Estaba viva y ya no está.

—¡Nosotras tomamos taxis todo el tiempo! —dijo Inés.

—Ya sé.

—¿Nos van a matar?

—No.

—¿Sólo le pasó a Laura?

—No, ella fue una de muchas, ay, de tantas.

—¿Qué hacemos aquí? —insistió Inés.

—Caminamos para asegurarnos de que nadie vuelva a lastimar a una de nosotras, nunca más.

—¿Caminar funciona?

—No, no funciona, nada ha funcionado hasta ahora, pero algo funcionará, eventualmente, un colectivo de algos.

—Tengo calor. Y sed.

Todas somos Laura.

—No debí traerte, qué estaba pensando —dijo Agustina.

¡Verga violadora a la licuadora!

—Quiero helado.

Y si no hay luz: al molcajete.

—Ya casi nos vamos. Éste no es un país, es un coágulo. No debí traerte aquí, éste no es lugar para niñas.

—Éste es el mejor lugar para las niñas, entre mujeres —insistió la mujer del rebozo.

—Me refería a este país —dijo Agustina.

—Ah.

—Mamá, ya vámonos.

Inés observaba con atención cómo las mujeres en la marcha dejaban tras de sí un reguero de grafitis, sus manos moviéndose con determinación y destreza.

—Así marcan el espacio como propio. Cada trazo, cada símbolo y palabra son actos de resistencia —dijo Agustina—, se adueñan de una ciudad que las devora.

A medida que avanzaban por la madrugada citadina, el frío de la ciudad le recordaba el día en que había hecho la mudanza a pie con su madre, reconociendo los mismos lugares por los que ahora pasaba. En aquel entonces, su madre la había guiado por esas calles, enseñándole a distinguir los rincones conocidos en medio de la nueva aventura. La brisa nocturna le devolvía fragmentos de ese recuerdo mientras se acercaban a la ubicación de la siguiente máquina.

Cuando llegaron, Pepe no había querido quedarse a ver lo que pasaba: volvería por ellos poco antes del amanecer.

La marea de podridos se anunció con sus crujidos y Cholo tomó su posición encima de Inés, quien empezaba a arrepentirse. La máquina aspiró la ropa de uno de los primeros que cruzaron frente a ellos, atrayéndolos. Fue entonces cuando Inés dejó de mirar la pintura para enfocarse en el podrido que ya no pudo alejarse de la máquina. La mirada de Inés era el anzuelo y la carnada. El reconocimiento que atraía al podrido y el impulso por aniquilarla. En esa segunda ocasión el xolo fue más rápido, más preciso en su trabajo, y el tegumento quedó vacío en un instante. Tuvieron que esperar a Pepe sentados cerca de la puerta.

Pepe entró y caminó hasta la máquina donde encontró ese hueco como cavado desde abajo, como si un topo enorme hubiera llegado desde la tierra para salir ahí, a un ladito de la máquina. ¿Por qué no podía haber salido justo debajo de la piel y así él podía evitarse la asquerosa labor de levantar el tegumento y ponerlo al centro del remolino de tierra? Esta vez llevaba guantes de carnaza, para no ensuciarse las manos, y un pico para levantar aquel pellejo, ya sin sorprenderse de que le colgaran las manos y los pies. Descubrió que la piel todavía conservaba intactos los testículos: al ver las dos bolsas de carne colgar de aquel traje, Pepe vomitó sobre el piso. Depositó la piel al centro del agujero y ya no pensó en enterrarla. Para cuando Pepe llegó a la reja donde lo esperaban la niña y el perro, el agujero ya se había tragado el pellejo perfectamente desollado. La pared del fondo había sido mancillada por el mismo grafitero que pintaba calaveras en su barrio.

Una vez de vuelta en casa, Inés no había podido dormir. Aunque Cholo había sido rápido, el ruido de los podridos se le había colado entre las tripas y despertó muchas veces en la noche, temblando, escuchándolos quejarse, viéndolos dejar la piel en los vidrios de las bardas, chocando contra los autos en su andar ciego e idiota.

Se había levantado a dar una vuelta por la casa, a buscar algo de su madre. Había pensado mucho en ella, rompiendo la regla cardinal de su abandono: la extrañaba.

Habían pasado demasiadas cosas desde su ausencia. El mundo que Inés creía conocer no era el mismo en el que ahora ella recorría las calles acompañada de un perro calvo y un insomne vendedor de empanadas. Sospechaba Inés que, también a ella, el mundo se le había desplazado, y quería hablarlo con su madre, preguntarle qué se sentía, qué era eso que le congelaba las entrañas.

Al no contar con Agustina, Inés buscó la siguiente opción: los cuadernos de su madre. Durante la mudanza había encontrado uno de los cuadernos de tapas negras donde su madre escribía cuando el mundo se le desplazaba a la derecha.

El cuaderno estaba bajo uno de los cojines del sillón de la sala, oculto y a la mano. Inés se sentó en el piso, encendiendo sólo la lámpara de la sala para no alertar a Diego, a la autómata, y buscó el pasaje que tantas veces antes había leído.

Le temblaron un poco los dedos al tener entre sus manos la caligrafía tensa de su madre. Pasó las páginas hasta encontrar el pasaje que buscaba.

El mundo desplazado

El resbalar es violento, repentino y compulsivo, lo siento, nada puedo hacer para interrumpirlo, los colores se barren, las luces se deslavan y todo patina un poco a la derecha, como parecen escurrirse las ciudades vistas desde los vagones que se alejan. Cuando el traslado se termina ya estoy en ese otro espacio donde todo es peligroso, donde me sujeto de los muebles para no seguirme desplazando más a la derecha, porque sé que hacia allá es hacia donde la luz se descompone, y entre más discurra, más frío hace y más miedo existe. En ese otro espacio algo siempre se está acabando y el mundo se desplaza un pelín a la derecha.

Allá, a la derecha, el mundo es casi igual a éste, pero sé que uno de mis hijos se evapora y en ese mundo a la derecha encuentro fallas, habitantes que no deberían estar. En ese mundo a la derecha soy una autómata que sólo puede cumplir con las mínimas labores de cuidado, que no disfruta y no abraza y no se ríe. Para mis hijos soy eso: una mujer de metal que hace quesadillas, incapaz de sentimientos.

Las luces se barren, anuncian ya que el vagón se ha puesto en movimiento, suena el ruido del vagón que avanza, del mundo que patina y yo voy montada a ese otro lado donde nada tiene bordes definidos, donde todo vibra en su contorno y es difícil decidir dónde termina cada cosa y dónde empiezo yo, situación que me complica asirme de algo para no seguirme deslizando. Percibo la mirada de sospecha con la que Inés me mira, la furia cuando me resbalo a ese otro mundo a la derecha, sabe que el tren me ha llevado, sabe que hasta ahora siempre he vuelto, aunque intuye que deslizándose el mundo un poco más a la derecha habrá un momento en que me caiga por la borda y será ella quien deba hacer el desayuno.

Inés supo entonces que su mundo —el de ella, el de los podridos y el del xolo, el de las máquinas y los tegumentos putrefactos— era el mundo desplazado. Se había ido ahí siguiendo a su madre. Y no tenía idea de cómo regresarse al mundo normal, al de siempre.

Quizá su abuela lo supiera. ¿No seguía ahí, metida entre los bambúes de Cubilete 189?

Antes de esfumarse, Agustina salía al jardín cada tarde y se sentaba cerca de las hojas. Por eso murmuraba. Porque ahí dentro estaba la abuela.

El bambú era casi un bosque. Ocupaba un tercio del jardín y era tan alto que sus puntas ya se doblaban hacia abajo. Se doblaban y tocaban las tejas del techo de la casa. Desde las ventanas del baño se podía ver un muro de hojas verdes. Agustina dejaba las ventanas abiertas y decía que así se bañaban en el bosque.

Cuando llegaron a Cubilete 189 estaba en ruinas. Mamá ya les había avisado. Inés se había imaginado algo como las piedras del Templo Mayor. Como los naufragios que quedaron después del terremoto. Cubilete 189 era más un cascarón que un barco. Tenía fisuras. Cuando llovía corrían ríos por el cubo de la escalera. Las ventanas tenían más agujeros que cristales. Era la mejor casa del mundo. Majestuosa.

Mamá se sentaba ahí afuera. Con su taza y sus murmullos. Inés quería salir para decirle que no se desplazara. Que le presentara a su abuela. Quería ir corriendo por Diego.

Cuando Agustina todavía estaba, cuando salía a hablar con Paula en el bambú, Inés invitaba a Diego a asomarse con ella a la ventana.

—Mírala, está hablando allá abajo, ¿ves a alguien en las plantas?

—¿Un monstruo?

—No, una persona.

—¿Mamá?

—No, Diego, otra persona, adentro de las plantas.

—¿Un monstruo?

Los hermanos no servían de comparsa para ninja.

Cuando llegaron a la casa, Inés se levantaba muy temprano para asomarse por la ventana. En el libro de mamá había leído que a Paula le daba miedo el amanecer. No lo entendía. A Inés y a mamá les daba miedo la noche. La noche era cuando mamá caminaba por los pasillos, cuando Inés soñaba con el terremoto.

Para ayudarle a su mamá a que el mundo no se le desplazara, Inés había comenzado a hacer un mapa de Cubilete 189 porque a veces le parecía que los cuartos se ajustaban y se movían, y prefería trabajar en su mapa antes de que los demás despertaran, cuando mamá era ciega e inofensiva, cuando papá no la miraba con sospecha.

Trazó su mapa en un lugar donde nadie iba a encontrarlo: las hojas blancas al final del libro de mamá. Agustina jamás releía sus libros: Me dan asco, explicaba. No fue fácil hacer el mapa y hubo que ponerle al libro algunas extensiones en las hojas, unidas con el pegamento que Inés usaba en la escuela. Así, con el libro de mamá en mano, recorrió Cubilete 189 todas las mañanas haciendo pequeñas marcas en su libro y en las paredes, en el piso de madera, para saber qué partes ya había cartografiado. Marcaba sus INZs, señales de su paso por la casa.

En el caos que siguió a la mudanza se volvió muy eficiente. Era invisible. Podía sacar cosas de los cajones sin que nadie la mirara y esculcar en los manteles, donde un día encontró una bola de plastilina seca y dura. Podía comerse todas las galletas. Hasta pudo ver el vestido de novia de Agustina y lo había metido entre sus sábanas para dormir calientita. Acompañada. Era un vestido fantástico. No estaba bordado con flores. Ni con hijas. Estaba bordado con figuras de personas, con caminos.

El vestido era como su mapa en el libro de su madre: en él Paula había bordado su historia en Cubilete 189, pero Inés no había tenido tiempo de descifrarlo todo porque no quería que la descubrieran. Lo que sí entendía era que Paula, Agustina y ella misma eran geometristas de su familia, estudiando las formas, las relaciones espaciales y las propiedades de los objetos a su alrededor. Paula había topografiado en ese vestido la superficie de la casa, los caminos recorridos, las vidas entrelazadas. Agustina, en sus cuadernos llenos de notas y sus relatos dispersos, había recopilado información sobre las características del terreno, sus contornos y elevaciones, sus depresiones.

Inés entendió así que las tres, a su manera, habían mapeado sus incursiones en el mundo desplazado, dejando registro de cómo llegar, sin decir cómo salir de éste, porque Paula no había vuelto y Agustina aún no había regresado. Con esas guías, Inés tendría que salir, que encontrar el hilo que la sacara del laberinto depresivo enredado en las cabelleras de las mujeres de su familia. Quizá por eso papá había terminado por irse, asediado.

La sensación de ser parte de una cadena de mujeres que se comunicaban y entendían a través de símbolos y mapas le dio a Inés una nueva perspectiva. Cada bordado, cada trazo, cada INZ era una pieza de un plano más grande. Ella estaba trazando su propia versión del mapa, y aunque la salida del mundo desplazado no estaba clara, sabía que otras, antes, ya habían buscado. Tal vez ella la encontraría.

En el libro de su madre amplió su espectro para incluir las calles aledañas, el canal de los patos, las locaciones de las máquinas que ya había visitado. Aunque el camino era incierto, tenía la fuerza y el legado de sus antepasadas para guiarla. La historia de Cubilete 189 no era sólo un registro de lugares y personas, sino una red de amor, dolor y resistencia que las unía más allá de los desplazamientos.

—ÉSTOS SON RASGUÑOS FRESCOS.

—Me los hice anoche —dijo Inés.

—Es más difícil taparlos cuando todavía sangran. Tienes que ponerte hielo en cuanto te los hagas, para que no se inflame así alrededor de la cortada. ¿Te los hace tu hermano?

—¡Cómo crees! No es mi hermano, él ni idea tiene.

Cuando Diego nació, Inés lo había odiado. Inés y Agustina eran muy amigas, caminaban mucho juntas por el barrio, leían historias de terror que a las dos les encantaban. Papá se iba temprano e Inés y mamá caminaban a la escuela. Cruzaban dos parques. Uno tenía un lago con patos. El otro una fuente con una cabaña de madera. A Inés le gustaba ir a esa escuela. Se sentía libre. Podía elegir con qué jugar. No había horario. No había maestra hablando todo el día.

Se sentía tranquila.

Se sentía querida.

A la hora de salir, Inés y Agustina comían hamburguesas en un restaurante o hacían un pícnic en la banca del parque. Compraban paletas heladas y las usaban como pintalabios, jugaban en el pasamanos o caminaban por el barrio toda la tarde. Inés en la carriola, su mamá mirando los edificios y enseñándole a buscar y a reconocer grafitis en las paredes. A mamá no le gustaba la casa en la que vivían. La pequeñísima casa azul. Se sentía atrapada. No era la casa. Se pasaban toda la tarde vagando. A las siete regresaban y leían. Mamá cantaba todas las canciones que se le ocurrían hasta que Inés se durmiera. Cuando llegaba a "Enter Sandman", Inés sabía que estaba desesperada y se le acababa el repertorio. A veces pintaban con acuarelas.

Inés tenía un cuarto para ella, pero la dejaba dormir en su cama mientras llegaba papá, entonces era desterrada a su cuarto hasta que se levantaba, dormida, y caminaba por el diminuto pasillo en lo que alguien se daba cuenta y la metía de nuevo en la cama.

Le encantaba que sólo fueran mamá y ella. Diego había llegado a arruinarlo todo, a meterse entre Inés y Agustina, a hacer que a su madre le doliera la barriga y que se mudara a la regadera. Agustina se había roto cuando había nacido Diego, había empezado su camino hacia el mundo desplazado y finalmente: ya no estaba.

Mucho tiempo culpó Inés a Diego. Ahora no podía imaginar su vida sin su hermano, no podía pensar en llegar sin él a casa y poner los discos que coleccionaba su padre, en buscar en los libros de Agustina los mensajes que pudiera haber dejado. El cuerpecito pequeño de su hermano la contenía por las noches, lo abrazaba fuerte aunque él se moviera tanto cuando dormía que cada media hora Inés terminaba con un talón en las costillas.

Diego tenía la cara de Agustina: su nariz, sus ojos indios. Con un dedo le recorría la nariz mientras dormía, imaginando que era la de su madre, ésa de la que se agarraba para dormir cuando era mucho, mucho más niña.

—Desde mi edificio veo muchas cosas, oigo muchas cosas. Y no se oye ruido en tu casa. No te los haces ahí.

—No.

—¿Es la vieja esa? ¿La de la camioneta amarilla?

Inés se levantó, molesta, y fue a buscar a Diego en la cocina de la escuela. Margarita supo que había hecho demasiadas preguntas, que podía perder la confianza de la niña. Pero estaba inquieta, alguien se movía en Cubilete 189, alguien nuevo, alguien del tamaño de un adulto, estaba segura, había visto el movimiento de dos siluetas por las ventanas: una alta, otra pequeña. Alguien acompañaba al niño a la regadera, alguien trabajaba en la cocina mientras él miraba la televisión en una recámara.

Por la noche, Margarita subió a su azotea y centró su mirada en Cubilete 189, notó entonces que Diego no realizaba el ritual de la reja como era costumbre.

Tampoco era Inés quien se encargaba de esa tarea, había empezado a pintar sobre el muñón de árbol arraigado a la banqueta frente a la casa de Pepe.

LOS NIÑOS AL FIN SE REVELARON. Se habían tardado. Qué idea bárbara de traerlos caminando. Una más de sus excentricidades que obedecían sólo al miedo. Entraron al fin a la colonia y sintieron de inmediato el golpe del cambio de temperatura: del calor abrasador de la lateral de Churubusco pasaron al frescor del canal por el que fluía el río oscuro con sus cuatro patos.

La colonia era fresca porque de cada tres cuadras una la ocupaba un parque. Hubo un tiempo en que fueron parques ferales, sin luminarias ni basureros para la caca de los perros; ahora eran espacios de luz, con los tableros de la cancha de básquet pintados y bien iluminados. Inés tenía las dos piernas acalambradas, pero se las arregló para atravesar el parque corriendo, libre su cuerpo de niña de moverse a su antojo, sin los tentáculos del miedo de su madre ahorcando cada uno de sus pasos. Diego quería comer algo que no fuera una galleta.

Cubilete 189 los esperaba en su esquina, los olía acercarse. Agustina no recordaba dónde había dejado su cuaderno para escribir que las casas no olfateaban. Empujó la carriola y jaló a Inés, no le quedaba tiempo ni energía para escribir nada, para pensar en el cuaderno. Al cruzar el último de los parques, al pasar frente a una casa con su cúpula desde donde les ladraba un perro calvo, alcanzaron a ver el camión de la mudanza y muchos de sus muebles todavía en el pavimento, como si Cubilete 189 los hubiera regurgitado. Braulio entraba y salía, empujaba el refrigerador con su puerta abollada, y un señor casi calvo, que relamía sus pocos pelos en una cola de caballo y usaba botas de casquillo, barría las hojas de su banqueta, observándolos.

Habían llegado.

Agustina había pensado que sería difícil cruzar la reja de la entrada. Se había preparado para eso construyendo el momento en su mente y dudando cómo iba a atravesar aquella boca desdentada. Pero los niños tenían hambre, Inés tenía ampollas en los dedos, había que entrar pronto y buscar la caja con pasta y hacerles algo de comer. Los niños la obligaban a vivir en el presente, en el no me importa la historia de la casa. En el ahí dentro no se murió nadie. Agustina había imaginado una voz, un rugido que dijera: Bienvenidos. Encontró polvo y arañas. La temida vuelta a casa se le convirtió en rutina y en cuidados.

Y aunque el miedo siempre era nuevo, lo traía colgando en las muñecas. Unas noches antes de la mudanza había leído en *Los errantes*, de Olga Tokarczuk, la historia de una madre que salía de casa en su día libre y no quería regresar. Agustina se encerró en el baño y leyó sentada sobre el escusado para que nadie la interrumpiera, acompañó a esa mujer cuando trató de volver a casa la primera vez y el peso de las luces encendidas en su departamento fue tanto que se dio la vuelta y volvió al metro; se dejó llevar por el movimiento intestinal de la ciudad durante dos días, durmió junto a otra mujer sin casa en un cuarto de calentadores bajo un puente y aprendió a ubicar entre la multitud en el transporte público a otros errantes como ella. Agustina lloró sentada en la taza del baño, muchas veces había querido alejarse de sus hijos, esconderse, no tenerlos. Como todas. ¿Como todas? Las fallidas. Siempre huyó, caminando, marcando con sus pies distancia entre ella y sus angustias. Cuando tenía veintidós años y no sabía que el miedo era la nada, la pequeña muerte que conducía a la destrucción total, caminaba kilómetros. Sentía llegar la ansiedad y se ponía los tenis, salía de esa misma puerta en Cubilete 189, cruzaba el Cenart, se montaba en el puente peatonal de General Anaya y caía junto a un orfanato del DIF con una fuente en la que dos niños de piedra, uno sin cabeza y uno sin nariz, la saludaban: ya viene otra vez con sus andares. Agustina les devolvía el saludo, enanos petrificados, y seguía su camino por Xicoténcatl hasta Centenario, donde tomaba Londres o Madrid, en su camino hacia Viveros.

Si el miedo había transcurrido, no entraba al bosque, se daba la vuelta y hacía el mismo camino de regreso hasta Cubilete 189, que todavía no estaba domesticada. Si aún no estaba sola en su cerebro se metía entre los árboles y buscaba a los toreros para odiarlos desde una banca en la que no se sentaba por miedo a apagarse.

Ahora, tras la peregrinación que acababa de hacer con sus hijos, reconoció que caminar no ahuyentaba al monstruo, lo cansaba recordándole a su cuerpo que eso ya les había pasado: Sobrevive. Ya lo hicimos antes.

En Cubilete 189 se le hizo costumbre que alguien le dijera qué era real y qué no. Mucho tiempo el trabajo lo hizo Paula, cuando ni una ni la otra sabían que el demonio que habitaba en Agustina tenía nombre y tratamiento. Agustina buscaba a Paula a cualquier hora, la acosaba para decirle: Tengo este miedo que me mata.

Leyó en algún lado que los demonios que poseen a las personas pierden su poder cuando se nombran. ¿O era que se invocaban con el nombre? Lo ha olvidado. Ella tardó mucho en nombrar al suyo y no se explicaba bien cómo tras media vida en terapia nadie había tenido la ternura para decirle: Azael, Samael, Trastorno de ansiedad generalizado.

Paula lo diseccionaba con ella: esta parte es cierta, ésta no. Necesitaba escucharla decirle: eso que tanto temes no ocurrió, no es real, no mataste a nadie en el jardín de la casa. Es tu cabeza.

Dejó de creerle a Paula, con sus propios desplazamientos, con sus ramas, y sustituyó su voz por la de una analista que tenía el pelo del mismo rojo que su madre. Dos veces por semana iba a acostarse en un diván para clasificar lo que le había ocurrido afuera, en el mundo, en el tiempo entre divanes: qué es real y qué es lo que me invento. Caminaba oliendo su carne muerta hasta tocar el timbre número dos de Mina, como un zombi que ya sólo conoce el movimiento por inercia.

La ansiedad le llegaba también con alucinaciones. En el primer departamento en el que vivió con Braulio, Avenida México 171, se sentaba un señor, muy gordo y muy cansado, en un sillón de la sala, descansando su cansancio de fantasma desterrado. Al señor le gustaba desplomarse justo ahí, en ese sillón, el primer mueble que Braulio y Agustina compraron juntos. Cuatro mil pesos de plastipiel café en Muebles Dico marcaron el inicio de la que ahora era su familia. Extrañaba ese sillón, lamentaba mucho haberlo regalado. Sobre él había leído *Melmoth*, de Sarah Perry, sus noches blancas, caminando en Praga junto a un monstruo inmortal y femenino. Esa Melmoth, descubrió, era una criatura que habitaba en las sombras de lo hecho y lo soñado; su presencia un recordatorio constante de la culpa y la desesperación, siempre al acecho, siempre observando. Melmoth: la testigo eterna de las traiciones y los actos más oscuros de la humanidad, una presencia que acompañaba desde las grietas; no era sólo un monstruo, era una monstrua, la encarnación de la melancolía y la soledad, de los pequeños daños infligidos a los otros.

En el segundo departamento en el que vivieron en su errar de rentas retrasadas, una niña se asomaba a verla desde los marcos de la puerta. Era una niña pequeña que se parecía a quien sería Inés pero en realidad era Agustina. En ese mismo departamento vino un engendro a despertarla. Agustina estaba dormida y el engendro se paró junto a su cama: una mujer podrida, una mujer verde y descompuesta que pegó el oído a su pecho para ver si estaba respirando. Agustina le gritó que estaba viva. Viva, viva, estoy viva, vete.

Para explicar estas alucinaciones se dijo que veía fantasmas. Que la buscaban para algo. Ahora sabía que los traía dentro, que no había fantasmas, que era el mismo miedo que la usaba de cañón y de pantalla, que se proyectaba sobre el mundo, que se derramaba.

Leyó en *La mujer temblorosa o la historia de mis nervios* que Siri Hustvedt hablaba de un animal pequeño que se le aparecía antes de sus migrañas. No recordaba si era un unicornio o un rinoceronte, aunque sí sabía que era rosa. Hacía tiempo que Agustina sospechaba que sus fantasmas no lo eran, que existían con todos sus espectros en el mundo desplazado.

Luego encontró *Todas las esquizofrenias*, el libro que más terror le había dado en su vida, y supo que eran alucinaciones. En un ensayo, Esmé Weijun Wang hablaba de estar sumida en un brote psicótico: sabía que estaba muerta, se descomponía su carne y pronto iban a notarlo todos. Agustina conocía esa vergüenza. Conocía ese compararse con las otras madres en la fila a la salida del colegio, el mirar sus sonrisas y sus pelos alaciados, los aretes que combinaban con las pulseras y los pies desnudos sobre sandalias tejidas. Agustina reconocía esa diferencia entre la carne de todas y la propia, la que se pudría, la que no iba a estar ahí al día siguiente. Estaba familiarizada con la dificultad para avanzar cuando se abría la puerta de la escuela y sus hijos fueran a notar que había ido a buscarlos un cadáver. Una autómata.

Con paso vacilante, Agustina cruzó el umbral de Cubilete 189. La casa feral, con sus paredes que supuraban historias olvidadas, era el epicentro de aquel mundo desplazado. Ahí, en medio de la penumbra, Agustina se encontraba con su miedo y su asombro. La oscuridad la envolvió. En lugar de los seres que había temido encontrar, se enfrentó al vacío. El horror no estaba en el afuera, no en las calles, no en los cables. Estaba en ella.

EL SOL SE FILTRABA entre las rendijas de las persianas, pintando franjas doradas en el suelo del taller de Miranda. Era una mañana tranquila en el barrio, ese día iba a comenzar la repatriación de las máquinas. Decidió empezar por la que estaba más cerca, en el baldío de la colonia.

Mientras caminaba por las calles conocidas, su mirada se detuvo en unas piedras marcadas con las inconfundibles letras INZ. Intrigada, las siguió, y pronto se encontró con más pintas de las letras. Aquellos trazos coloridos adornaban paredes y farolas, como un rastro de vida en medio del concreto gris. Estaban por todas partes.

Corrió de vuelta a casa para sacar de la guantera de la Lobo su Guía Roji y poder marcar en ella las INZs que iba descubriendo. Al buscarlas, supo por qué no las había visto antes: estaban a la altura de su cintura, al nivel de vista de un niño, de una niña.

Decidida a descubrir su origen, Miranda siguió las pinturas hasta llegar a Cubilete 189. En la puerta, encontró a Simeona, quien la recibió con una mirada cargada de significado, como si hubiera estado esperando su llegada.

—Yo conozco a tu misteriosa grafitera —dijo Simeona.

Tocó el timbre y salió una niña a recibirlas, una niña pequeña con los brazos cubiertos de arañazos.

Claro, pensó Miranda, el tamaño de la niña explicaba el punto de vista de las piezas.

—Ella es Inés —dijo Simeona.

Inés. INZ. Como todas las marcas que había puesto en su Guía Roji. Miranda le extendió el mapa a la niña, quien lo tomó, los ojos llenos de miedo y de sorpresa. Otro mapa. Entraron las tres juntas a Cubilete 189 y fueron hacia el jardín, donde había una mesa blanca y oxidada. Miranda tardó un poco en comprender el espacio en el que estaban. Se sentó en la silla de metal y recorrió con la mirada el jardín de Cubilete 189, sintiéndose perdida, por un momento, al encontrar ahí a su mujer de malla de gallinero y buganvilla, la maleta enterrada en el piso, todas las siluetas femeninas de su obra descartada parecían reunirse ahí, en una fiesta fantasmagórica a la que ella había llegado tarde.

Al fondo del jardín vio un bambú que era más un trozo de bosque que una planta, sus altas puntas se doblaban hacia abajo y rascaban el techo a dos aguas de Cubilete 189, cosquilleando las ventanas.

Desde el bambú se oían ruidos de decenas de patitas en movimiento, multifamiliar de pájaros y roedores que ya se preparaban para enfrentar la noche y sus peligros.

Inés se sentó junto a las dos señoras visitantes, de espaldas al bambú, y levantó la mirada hacia la azotea del edificio contiguo desde donde observaba Margarita, quien extendió la mano en un saludo y se puso a destender la ropa de la jaula.

—Inés ha estado usando tus latas de pintura —dijo Simeona.

La niña exploraba la Guía Roji de Miranda, encontrando sus INZ en una ruta que hasta entonces, al ver el punto de origen y el punto de destino, supo que estaban trazadas sobre el camino que había hecho con su madre, con su hermano, el día de la mudanza. Desde Jaime Nunó hasta Cubilete 189, una ruta zigzagueante como la mente de Agustina.

Con el dedo recorrió un par de veces esa ruta, hasta que Miranda le extendió, en silencio, una pluma que había sacado de su bolso. Inés la tomó y trazó entonces el camino hacia esa casa en la que ahora estaban. Luego entró a la casa y volvió con un libro y un vestido. Le dio el libro a Miranda, abierto en el mapa que había trazado la niña en las páginas en blanco.

Rodeadas por la obra que había dado forma a sus mundos internos, cada una examinó el mapa de la otra, como si conversaran. Inés contempló los trazos vibrantes y las líneas que marcaban los recorridos de Miranda, mientras que esta última estudiaba con atención los dibujos detallados y las marcas de INZ que se extendían desde las paredes de su casa hasta un afuera muy preciso, marcando las fronteras de su mundo desplazado.

A medida que intercambiaban su obra en silencio, Inés comprendió su conexión con la obra de Miranda. En las figuras femeninas estáticas y desgastadas por la lluvia encontró un reflejo de su vida, de la maternidad ausente y deprimida de Agustina. La familiaridad entre las siluetas en la obra de Miranda y la autómata que cuidaba de ella en casa era irrenunciable.

—Te he visto salir en la noche —dijo al fin, Inés—. Te he visto salir a caminar con tu capa de pieles desolladas, una capa muy larga con algunas pieles que comienzan a descomponerse, aunque algunas siguen frescas.

La capa que Miranda había hecho era larga y pesada, llevaba en la capucha el pelo de quien la había parido, de quienes la criaron, de quienes la amaron, pelo de alumnas y maestras, pelo que recogió en el transporte público, pelo con el que Inés alimentó a las máquinas. Con un tubo de pegamento Miranda aseguró las espirales de cabello sobre la frente, cubriendo el lugar donde se superponía la vestimenta dérmica sobre su propia piel. Veintidós rizos con forma de espiral y dos mechones sueltos sobre las orejas.

—Con esa capa sales a caminar, por la noche, cuando toda la ciudad duerme —siguió Inés—. Eres la señora de las vivas y las muertas. Las manos y los pies y los testículos de tu capa de pieles entrechocan haciendo un aplauso sordo que los niños que no podemos dormir escuchamos en nuestras camas.

Miranda identificó en las palabras de la niña la influencia de Simeona y se preguntó cuánto tiempo habían pasado juntas, qué tanto Simeona le había contado de la diosa de la vida y de la muerte que ahora descansaba, destronada como diosa, ensalzada como escultura en un museo. Ése era el destino de las divinidades olvidadas: transformarse en obras descartadas que la artista, su creadora, seguro miraba con vergüenza y desdén.

La niña hablaba de la misma diosa con el pelo acomodado en veintidós rizos pintados de turquesa para cubrir la intersección entre su cara y la piel ajena que vestía. Mientras hablaban, Inés había acomodado la Guía Roji de Miranda sobre un círculo sin pasto en el jardín, junto con el libro de su madre y un vestido blanco. Inés extendió el vestido de bodas de su madre, aquel en el que había trabajado Paula la noche en que el moho la había devorado.

Lo pensó mucho antes de cortarlo, sabía que su mamá lo guardaba en una caja para algo, aunque Agustina guardaba muchas cosas que no servían para nada. El primer tijeretazo fue un alivio, cortó el bordado en los espacios diminutos que separaban las puntadas, sin tocar ninguna: las había estudiado bien, había elegido una ruta donde no hubiera ni hilo ni nudos. No iba a cortar su historia. La de su casa. Sólo quería reacomodarla, para entenderla, extender el plano del laberinto a ver si se anunciaba una salida. Cortaba despacito, cortaba segura desde la pretina hasta la bastilla.

Al hacerlo iba narrando a Miranda lo que había visto en el mundo desplazado —el perro calvo, los podridos— y Miranda identificaba en esa niña la fantasía y la soledad de una mente que se debe explicar el mundo sin guía, sin alguien que separe en sus ideas lo ocurrido de lo imaginado.

Miranda fijó los ojos en el bambú, descubriendo entre las sombras una figura femenina. ¿Por qué Simeona no reaccionaba? ¿Por qué Inés no la miraba? No podía ser obra de la niña. Era un cuerpo de mujer mayor, uno cubierto por vegetación, inmóvil y viva como los árboles que empiezan a ser colonizados por los musgos, por los insectos, por los hongos grises y negros y cafés. Miranda estaba horrorizada y no sabía si Inés y Simeona se burlaban de ella o si no reconocían la vida en esos ojos enmohecidos. No podía dejar de ver a la criatura entre las hojas, no podía evitar saber que, de vez en cuando, parpadeaba, que su pecho se elevaba con la respiración provocando una ola de movimiento en los pelitos verdes de su dermis. Que escuchaba.

Estaba viva.

No era obra.

Respiraba.

Inés asintió con la cabeza, confirmando lo que Miranda entendía.

—Es mi abuela, Paula. Es mi destino y el mayor miedo de mi madre, cuando se desplaza —dijo Inés, terminando de cortar el vestido. Ahora podía extender la historia del bordado sobre el piso, junto con los otros mapas, sobre el agujero en el jardín que ya nunca se cerraba—. Ahí estamos todas —dijo Inés, y sintió a la casa relajarse.

Caminó sobre el vestido y lo ensució con tierra, dejó sus huellas en el bordado antes de estudiarlo de nuevo, de compararlo con el libro de Agustina, con la Guía Roji de Miranda. Ahí dejaron Simeona y Miranda a la niña, sumergida en su topografía artística y familiar, tratando de encontrar la ruta de salida desde su mundo desplazado. La figura en el bambú empezó a moverse, con mucha lentitud, con el ritmo en el que caminan los árboles. Paula se reacomodaba, no salía de su catatonia, simplemente se acercaba, cuanto podía, a la niña que trazaba frente a ella líneas entre aquellos garabatos cartográficos.

La noche alcanzó a Inés sobre sus mapas y una mano de metal la ayudó a llegar, adormecida, hasta el sillón de la sala. Inés sintió el peso de otro cuerpo sentarse junto a ella. Entreabrió los ojos. Era la autómata, quien le quitó los zapatos y después los calcetines.

—¿Mamá? —susurró Inés, adivinando en los gestos de metal los de su madre, reconociendo en los dedos duros los de Agustina.

El rostro cansado de su madre apareció al diluirse el de la autómata.

—¿Dónde estabas?

—Aquí he estado. No me he ido. Fuiste tú la que ahora se resbaló hacia el mundo desplazado. Y sola encontraste tu camino de regreso.

Cubilete 189 exhaló su suspiro de casa ocupada, de habitaciones donde hay eco de ronquidos, su suspiro de casa domesticada, su suspiro de acabar la historia que ha contado.

Esta obra se terminó de imprimir
en el mes de septiembre de 2024,
en los talleres de Grafimex Impresores S.A. de C.V.,
Ciudad de México.